HARFANG
RUINS
WILD
ETTINSMOOR
CAULDRON POOL
LANTERN WASTE
BEANERSDAM
NARNIA
GREAT RIVER
BERUNA
DANCING LAWN
ASLAN'S HOW
RIVER RUSH
Mt. PIRE
ANVARD
HERMIT
GREAT DESERT

ナルニア国を旅しよう

Journey into Narnia

キャスリン・リンドスコーグ
月谷真紀◎訳

SEIKO SHOBO

ナルニア国を旅しよう

✪ C・S・ルイスから本書へ贈られた言葉

モードリン・カレッジ　ケンブリッジ

一九五七年十月二十九日

あなたの原稿は昨日《きのう》届き、一気に読みました。すべてにおいてあなたの考察《こうさつ》は的《まと》を射《い》ています。まず一つには、あなたは私がこれまでに会った誰よりもよく、私の作品をわかっています、きっと私自身よりも(『世のおわりの夜』の内容を私はまったく覚えていませんし、それが何についての本だったのか想像もつきません!)。また二つめに、私が出会った批評家《ひひょうか》のなかでただひとり、あなたは学術書《がくじゅつしょ》からファンタジー、神学書《しんがくしょ》まで、すべての本のつながりを理解し、一つのまとまりとしてとらえ、私をひとりの作家として描いてくださっています。ほとんどの人の目には、私は数人の作家の寄せ集めのように見えているのに。この点を非常に高く評価しています。

感謝をこめて。

敬具。

C・S・ルイス

✪この本を手にした方へ

この本では、『ナルニア国物語』の七冊を順《じゅん》に取り上げ、作品をめぐる情報《じょうほう》と聖書との対比を盛り込みながら、各作品の核心《かくしん》を解《と》き明《あ》かしていきます。この手軽な解説と周辺《しゅうへん》情報は、読者の読む楽しみを広げるとともに、教師、親、聖職者《せいしょくしゃ》の方々の手助けとなることをめざしています。

ナルニア国物語はどこまで読み込んでも終わりがありません。C・S・ルイスは思春期《ししゅんき》のころ北欧神話《ほくおうしんわ》に夢中になり、それらの物語に特別な歓《よろこ》びを見出して、独学で研究を重ねました。

「北欧神話というテーマに関しては、かなり難易度《なんいど》の高い試験を受けても合格できたのではないだろうか」とルイスは回想《かいそう》していきます。「しかし詳細な知識を積み重ねていくにつれ、やがて私は相当な知識を蓄《たくわ》えたのに、まるで楽しくない自分に気がついた」。歓びは消えてしまったのです。

ですから、ナルニア国物語をあまり必死になって研究するのは間違いでしょう。ナルニアについて少しずつ気づいていくことは、衣装だんすのなかをのぞきこんだり、大海原《おおうなばら》に乗り出したり、アスランの国に憧《あこが》れることのようであるべきなのです。きっとそれが、ルイスの望む読み方でしょう。

心の中でナルニアに住む歓びは、まことのナルニアを思い描くためのあざやかなよりどころにすぎません。もっとも大切で歓びにあふれたものが存在することを、思い出すためのもの。

ナルニア国を旅しよう ✪ もくじ

ナルニア国を旅しよう

ュリブル川
SHRIBBLE
MARSHES
沼地
PARAVEL
パラベル
GALMA
ガルマ
TEREBINTHIA
テレビンシア
DS
CALORMEN
カロールメン

ハルファン
HARFANG
巨人の都あ
WESTERN WILD
西の荒野の山地
ETTINSMOOR
エチン荒野
CAULDRON POOL
大釜池
ナルニア
NARNIA
ビーバーダム
BEAVERSDAM
LANTERN WASTE
街灯あと野
ベルナ
BERUNA
GREAT RIVER
大川
アスラン塚
ASLANS HOW
DANCING LAWN
森の踊り場
RIVER RUSH
しぶき川
ますみ湾
GLASSWATER
アーケン国
ARCHENLA
MT. PIRE
二つ根山
ANVARD
アンバード
HERMIT
南の国境の仙人
GREAT DESERT
砂漠
タシバ

✿本書中の訳文引用について

『*The Chronicles of Narnia*（ナルニア国物語・全7巻）』の訳文は、岩波少年文庫『ナルニア国ものがたり　1〜7』（瀬田貞二訳）より訳文引用いたしました。その他、既邦訳のC・S・ルイスの著作、『子どもたちへの手紙』（新教出版社、中村妙子訳）、『不意なる歓び――C・S・ルイス著作集第一巻』（すぐ書房、中村妙子訳）等からも引用させていただきました。また、聖書の訳文は『標準改訂訳聖書』（日本聖書協会）を使用し、文脈に応じて適宜改訳したことをお断りいたします。尚、訳文中の（　）内は原書での著者による註、〔　〕内は訳者による補註です。

✿ブックデザイン　フロッグキングスタジオ
✿ナルニア国のイラストレーション　茂利勝彦
✿本文のイラストレーション　ティム・カーク／パトリック・ウィン

ナルニア国物語をさぐる

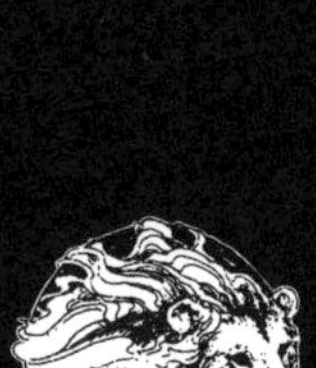

✪読む方への注意

このガイドブックでは、ナルニア国物語を楽しんでもらうため、上手《じょうず》に読んでもらうため、心の糧《かて》となるさまざまな知識やアイデアを紹介します（（　）内は物語の年代順）。

1 ライオンと魔女（2）
2 カスピアン王子のつのぶえ（4）
3 朝びらき丸 東の海へ（5）
4 銀のいす（6）
5 馬と少年（3）
6 魔術師のおい（1）
7 さいごの戦い（7）

ナルニア国物語は当初、出版された順序で読まれ、愛されてきましたが、この四十年間、出版順がもっともふさわしい読み方なのかどうかについては意見が分かれてきました。ハーパー・コリンズから出た版（一九五一年刊）では、シリーズの順序が物語の年代順に入れ替えられています〔日本語版は当初の出版順になっている〕。
しかし、C・S・ルイスはそんなことは気にしないでしょう。一九五七年四月二十三日にルイスは、ローレンス・クリーグというアメリカ人少年に自分の考えを書き送っています。ローレンスは「ミスプリント」という雑誌の一九七三年一月号にルイスの手紙を公開しました。

ナルニア国シリーズを書かれた順番で読むか、物語の年代順に読むかという問題が、幼いころの僕と母を悩ませていました。母は出版順に読むべきだと考え、僕はナルニア国の年代順に読むべきだと思っていたからです。当時C・S・ルイスと文通していた母はルイス自身の考えをたずねました。ルイスは僕に次のように返事をくれました。

――『ナルニア国物語』を読む順序については、わたし自身はきみのお母さんより、きみの意見に賛成です。あれは、お母さんが考えておいでのように、前もって全体の構成を考えて書いたものではありません。(中略)そういうわけですから、どういう順序で読もうが、結局のところ、どうということはないのかもしれません。出版の順序で書かれたということさえ、はっきりいえないのですから。

わたしはそういうことを記録しておくたちではありませんし、日付など、まったく覚えていないのです。

〔『子どもたちへの手紙』より〕

ライオンと魔女

✪ 凍てついた世界の雪解け――『ライオンと魔女』のテーマ

寒さの厳しい土地に暮らす人びとは、毎年訪《おとず》れる春のドラマと喜びを知っています。それは生命のよみがえりなのです。

『ライオンと魔女』の物語で、エドマンドの心は凍《い》てついていました。冷酷《れいこく》さと身勝手さと兄への恨《うら》みでこりかたまっていたのです。しかし、白い魔女によってあどけない子リスが石に変えられるのを見て、エドマンドの心にふとした変化が起こります。エドマンドは初めて、自分以外のものをかわいそうだと思ったのです（リスが凍《こお》りついて石像《せきぞう》になった瞬間、エドマンドの心は溶《と》けはじめたのです）。

心の中の気候と外界の気候が同時に変わりはじめます。流れる水がさらさらとせせらぎ、泡立ち、しぶきをあげ、ごうごうとうなる、胸はずむ音がしてきます。ナルニアの冬が終わったことを知り、エドマンドの心はずしんと高鳴ります。

水は誕生と再生の象徴《しょうちょう》ですが、その水が物語のすみずみまであふれはじめます。アスランが生命を捧《ささ》げる直前には、女の子たちが冷たい手をアスランの美しい毛の波にひたしてなでます。

最終章では、大きな犠牲をはらって勝ち取った勝利の後、アスランと仲間たちは大きな川のほとりを行進して海へと下り、子どもたちが王座につくケア・パラベルに向かいます。一同が砂浜に出ると、そこにはあちこちに岩があり、海水の水たまりがあり、海草があり、磯《いそ》の香《か》がただよっています。緑の波が長い水際にわたってよせては砕《くだ》けます。そして群れカモメの叫び。

ケア・パラベルの東側の入り口からは、城の階段のふもとまで泳ぎよってきた男と女の人魚たちが、新しい王と女王をたたえる歌を歌う声が響《ひび》いています。

石像に変えられた生き物たちすべてに春が訪れる、魔女の館でのにぎやかな場面で、アスランは「みんな、ぐずぐずするな」〔原文は"Look《ルック》 alive《アライブ》"〕と言いますが、これには二つの意味が込められています。アスランは「急げ」という意味で言ったのですが、その裏で、「もうあなたがたは死んではいない」と伝えているのです。アスランは巨人ごろごろ八郎太を目覚めさせ、門を壊させて、とらわれの身になっていた者たちを解放《かいほう》するのです。

心が凍てついて身動きとれなくなっている人びとにも、いつか雪解《ゆきど》けがくるとルイスは信じていたのです。

❂『ライオンと魔女』を時間と場所で整理すると

時は一九四〇年ごろ。ディゴリー・カークは五十代の大学教授になっており、魔法の衣装だんすを持っています。もしゃもしゃの白髪《しらが》と白いひげのせいで、子どもたちの目にはとても年取って見えます。

話の流れを章ごとに見ていきましょう。

1 ルーシィが偶然、ナルニアに行く。
2 フォーンのタムナスさんの家を訪問してから、ルーシィはイギリスに戻ってくる。
3 エドマンドが偶然、ナルニアに行き、「ナルニアの女王」に会う。
4 エドマンドが魔法のプリンのとりこになる。
5 ピーターとスーザンはルーシィの言うナルニアが作り話だと思い、エドマンドも嘘をついて二人に同調する。
6 四人の子どもたち全員がナルニアに行く。
7 四人はビーバー夫婦の家でナルニアについての話を聞く。
8 エドマンドがこっそり家を抜け出し、きょうだいたちを裏切って、白い魔女の味方につく。
9 エドマンドが魔女の館にたどりつき、捕虜《ほりょ》となる。
10 逃げ出した子どもたちとビーバー夫婦のところへ、サンタクロースが贈り物をたずさえてやってくる。

11 魔女が永遠の冬に雪解けが訪れたことを知る。
12 アスランが現れ、味方の子どもたちにあいさつし、ピーターに騎士《きし》の位を授ける。
13 魔女がエドマンドを殺す権利を主張する。
14 アスランが魔女に自分の身を引き渡し、エドマンドの身代わりに死ぬ。
15 アスランがよみがえる。
16 アスランが、魔女によって石像に変えられていた者たちをよみがえらせる。
17 子どもたちが長い歳月しあわせにナルニアを治めた後、イギリスに戻る。

『ライオンと魔女』裏ばなし

ペベンシー

子どもたちの苗字《みょうじ》、ペベンシーはこの本では出てきませんが、続編《ぞくへん》で読者に知らされます。ルイスはこの名をイギリスのペベンシー湾《わん》からとったのではないか、と見る向きもあります。この地はイギリスの歴史が大きく転換《てんかん》した事件、一〇六六年の大侵攻でノルマン人が上陸した場所でした。子どもたちもナルニアに入り込んで、その歴史を大きく塗り変えることになります。しかしこの本の中では、子どもたちの苗字はアダムソンでもよかったかもしれません。アダムとイブの末裔《まつえい》だからです。名前やアイデンティティは、ナルニア国物語では非常に重要なのです。

カークとマクレディ

年取った学者先生の名前もこの本では出てきませんが、ディゴリー・カークといいます（カーク Kirk《カーク》は、教会 Church《チャーチ》のスコットランド方言）。C・S・ルイスは十代のとき、美しいサリーの田舎《いなか》に移り住み、引退した白髪の教師とその妻の家に下宿しながら大学に入る準備をしていました。その教師の名前がウィリアム・カークパトリックといったのです。

カーク教授の家政婦《かせいふ》はマクレディさんといいますが、この名前はルイスと兄ウォレンの内輪のジョークです。二人がベルファストで暮らしていた少年時代の家政婦の名がマクリーディさんだったのです。

アキベヤノ　オオイショウダンス

ルイスが十歳のとき、ネズビットが『おばさんとアマベル（*The Aunt and Amabel*）』を発表しました。この物語では、世界と世界の間に「アキベヤノ　オオイショウダンス（Bigwardrobeinspareroom）」という魔法の駅があります。ルイスの物語のタムナスさんはルーシィが「あき・へや国のいしょたんす町」から来たと思い込んでいます。ルイスがどこからこのアイデアを得たのかは、どうやら明らかでしょう。

つつましい表情

ルイスはビーバーさんに、自分のこしらえた家を前につつましい表情を浮かべさせ、「物語を書いた本人の前で読むと、作者がよく浮かべるものだ」と言っています。自分が書いた物語を読んでいる読者に言っているわけですから、ここでルイスは、自分自身を笑いのたねにしているのです。

動物になぞらえた性格

四人の子どもたちの性格を、ルイスは早くも読者に教えています。エドマンドのひねくれぶり、ピーターのリーダーシップが冒頭《ぼうとう》に出てきます。子どもたちが近くの森を探検しようと考えたとき、それぞれが自分にふさわしい動物に出会うことを思い浮かべるのです。米国マクミラン版では、まずピーターがワシとシカとタカを、ルーシィがアナグマを、エドマンドがヘビを、スーザンがキツネを思い浮かべています〔日本語版では、エドマンドはキツネ、スーザンはウサギの名を口にしている〕。まもなく女の子たちはアナグマやキツネのように追われる身となり、ピーターは騎士道精神《きしどうせいしん》を発揮《はっき》し、エドマンドは「はら黒いけちなけだもの」と、そう言われても仕方のない呼ばれ方をすることになるのです。

毛皮

物語の初めから、毛皮のにおいをかいだり、さわったりするのが好きなのは、意地悪なエドマンドではなくルーシィでした。衣装だんすにさがっていた毛皮の外套《がいとう》の感《かん》触《しょく》を楽しむうちにナルニアへと導《みちび》かれていくことになるルーシィですが、これにはのちにアスランの毛皮に触《ふ》れて楽しむルーシィの姿《すがた》も重なります。

いいほうはどっち?

ルーシィを守るためにわが身を危険にさらそうとしたフォーンの涙を誘う決意は、この物語で倫理《りんり》的選択と英雄的精神がドラマチックな行動となって表れた最初のエピソードです。そしてスーザンを助けるために危険を冒《おか》してオオカミに立ち向かうピーター、魔女の杖《つえ》をたたきこわすために自分が犠牲《ぎせい》となるエドマンドと、他の者たちの英雄的行為がつづきます。「選択」はルイスのフィクションすべてに通じる大きなテーマです。自分の欲得のためにまだひそかに魔女の味方についていたエドマンドは、「いいほうっていうのはどっちなんだい?」と文句を言っていますが、本当は心の底ではわかっていたのです。のちにエドマンドは正しいことを見抜いて実行できる能力を称《たた》えられ、「正義王」とあだ名されます。

新しい名前

シカやタカを思い浮かべ、サンタクロースから剣《けん》と盾《たて》を渡されたピーターは、のちに偉大な勇士となって英雄王ピーターと呼ばれました。キツネ〔日本語版ではウサギ〕を思い浮かべ、サンタクロースから弓矢と象牙《ぞうげ》の角笛《つのぶえ》をもらったスーザンは、「やさしのきみスーザン」と呼ばれる優しいひとになりました。一度はヘビ〔日本語版ではキツネ〕を思い浮かべ、サンタクロースからではなくアスランから身代わりの死という、あまりにも高価な贈り物をもらったエドマンドは、賢く物静かなリーダーとなり、「正義王エドマンド」と呼ばれるようになりました。そしてアナグマを思い浮かべ、サンタクロースから短剣と薬酒をもらったルーシィはつらつとしてみごとな金髪（アスランのように）の、「たのもしのきみルーシィ」となったのです。

サンタクロース

ルイスの親友、ロジャー・ランスリン・グリーンは、この物語からサンタクロースを削《けず》るようルイスに強く勧《すす》めましたが、ルイスはそうしませんでした。ルイスにとってサンタクロースのエピソードはとても重要だったからです。サンタクロースは三人の良い子どもたちにそれぞれ戦うための道具を一つ、身を守るための道具を一つ、与えます。サンタクロースとはいったい誰なのでしょうか？　アスランと同じく、彼も会う前から子どもたちのことを知っています。

海のかなたの大帝《たいてい》は明らかに、父なる神を思わせます。アスランはナルニアにおけるキリストのようなものです。新約聖書をよく知っている人なら、三位一体《さんみいったい》のうち、私たちの世界に霊の贈り物を授《さず》けるのが誰かわかるでしょう。そう、聖霊《せいれい》です。

献辞《けんじ》

献辞のページには、物語の「技術」と、人生という「芸術」の数奇《すうき》な出会いがあります。ルイスはこの本をルーシィ・バーフィールドに捧《ささ》げています。このことから、ルイスは彼女を喜ばせるために、ヒロインをルーシィと名づけたのではないかと、誰もが思わずにはいられません。

「親愛なるルーシィ」とルイスは書き始めます。「ぼくはこのお話をきみのために書いた。でも、書き始めた時には、本より女の子の方が早く成長するとは思っていなかった。だからきみは、いまさらおとぎばなしでもない年になってしまったわけだ。この本が印刷され、製本されるころには、きみはもっと成長していることだろう」

一九七五年に私がルーシィ・バーフィールドに会ったとき、彼女は目を輝かせてこう語ってくれました。「出会ったそのときから、あの人〔ルイス〕は私のことをわかってくれていたに違いありません。不思議な人でした」

「でもいつかきみは、さらに年を重ね、またおとぎ話を読むようになるだろう」とルイスは続けます。「その時は、本棚のどこか上の方からこの本を引き出し、埃《ほこり》をはらって、その感想をぼくに話してくれるかもしれない。ぼくはたぶん耳が遠くなっていて、きみのいうことが聞こえないかもしれない。それにもうろくしてしまって、きみの話がさっぱり理解できないかもしれない。それでもやっぱりきみのやさしい名付け親であることに変《かわ》りはないだろう。C・S・ルイス」

ここには人生の皮肉《ひにく》があります。C・S・ルイスはここに書かれているほど長生きをしなかったのです。ルイスは一九六三年、六十五歳の誕生日を目前にして亡《な》くなりました。そしてルーシィは――若きバレエダンサー、音楽家、教師として活躍していた彼女は――麻痺症《まひしょう》におかされ（多発性硬化症《たはつせいこうかしょう》という「魔女の杖」によって）、本棚の上の段に手を伸ばすことなどかなわなくなってしまいました。人生のまだ早いうちに、彼女の長い冬が訪れたのです。

ルイスの約束はルーシィ・バーフィールドに、そしてすべての読者に特別な意味を持っています。「たてがみふるえば、春たちもどる」

✪『ライオンと魔女』の背景

ヤギの半身《はんしん》を持つ小柄な男が包みを抱えて雪の林を行く映像が、初めて、C・S・ルイスの頭に浮かんだのは、一九一四年ごろのことでした。ルイスが十六歳のときです。年月とともにルイスの身にはさまざまな変化が起こります。第一次世界大戦ではフランスの戦場で戦い、負傷《ふしょう》します。オックスフォード大学での学生時代は数々の賞を受けました。そしてオックスフォード大学の教授となります。またキリスト教徒にもなりました。作家としても成功しました。それでも、雪の林の中のフォーンの映像を、彼は忘れることはありませんでした。

第二次世界大戦中、何人かの女子学生が、爆撃を受けていたロンドンからオックスフォード郊外のルイスの家に疎開《そかい》してきました。ここからルイスは、「田舎の大学教授の屋敷に滞在する子どもたち」という物語の着想《ちゃくそう》を得ます。魔法の衣装だんすを通りぬける話ではありませんが、女子学生の一人が、ルイスの手助けで窓からこっそり出入りした話をしています。ルイスのお気に入りはジルという名の女子学生でした(彼女はルイスの援助で演劇学校を出た後、女優になってクレメント・フロイトと結婚しています。クレメントは、高名な心理学者シグムンド・フロイトの孫で、下院議員でした)。

というわけで、ルイスが雪の林のフォーンの映像とロンドンから来た子どもたちを登場させた物語を書きはじめたのは、第二次世界大戦中のことでした。しかし物語は途中で頓挫《とんざ》し、ルイスはしばらくそのままにしておきました。戦争中は教壇《きょうだん》に立ち、本を執筆《しっぴつ》し、BBCラジオの人気番組で講義《こうぎ》するのに忙しかったのです。

戦争が終わると、友人のチャールズ・ウィリアムズが死去しました。彼の写真が『タイム』誌の表紙を飾《かざ》りました。そしてある日、五十歳になっていたルイスは、林の中のフォーンの物語の執筆を再開するのです。ルイス自身が驚いたことに、今回はアスランという名の偉大なライオンがひとりでに物語に飛び込んできたように思えました（ルイスは何度となくライオンの夢を見ていたのです）。ルイスはたちまちにして本を書き上げ、『ライオンと魔女』と題をつけました。初めての子ども向けの本でした。

ルイスは友人たちとともにインクリングスというグループを作って、週に一度、「ワシと子ども」、別名「鳥と赤ん坊」と呼ばれるオックスフォードのパブでおしゃべりに興《きょう》じ、執筆中の作品を見せ合っていました。ルイスは、文芸サークルの仲間だったJ・R・R・トールキンのおとぎ話――『ホビットの冒険』と『指輪物語』――を高く評価していましたが、トールキンの方はルイスのおとぎ話『ライオンと魔女』が気に入らなかったようです。それでもルイスはこの作品の出版にふみきりました。こうして一九五〇年、二十世紀のちょうど半《なか》ばに『ライオンと魔女』はひっそりと世に出ました。

一九五一年三月五日、ルイスはある文通相手に『ライオンと魔女』について書き、相手の女性がこの新作を気に入ってくれたことを喜んでいます。その手紙には、読ませると子どもが怖がると決めつける母親や教師たちが多くてあまり売れていない、とあります。「でも、当の子どもたちは気に入ってくれているのです」とルイスは続けています。「ごく幼い子どもでも、あの物語を理解できているようで、それには驚いています。どうやら怖がっているのは一部の大人だけで、子どもではないらしいです」

一九五四年にルイスは、白い魔女というアイデアをどこから得たのかとたずねたキンター氏というアメリカ人に次のように答えています。たずねるまでもない質問だ。あれは多くのおとぎ話に出てくる悪者なのだ、と。「私たちは生まれながらに白い魔女を知っているではありませんか？」とルイスは驚いたように言うのです。

では、林の空き地に一本だけ立っているロンドンの街灯のアイデアを、ルイスはどこから得たのでしょうか。ルイスの弟子《でし》だったM・A・マンザラウイ教授は、面白《おもしろ》い自説を述べています。

「私の個人的な考えだが、ナルニアの街灯はケンブリッジのニューナムの野で、川とグランチェスターに向かう道の間に立っていた、ヴィクトリア時代のガス灯がモデルではないだろうか。街灯のある野原は木々に囲まれていて、林の空き地といった風情《ふぜい》の場所だ。

街灯は何のためにそこにあるのか？　年によって、冬にカム川が氾濫《はんらん》して、さらにその先の野原にまであふれることがある。そこに霜が降りるとあふれた水が凍り、水深わずか一〇センチほどの安全なスケート場ができる。夜間のスケートはヴィクトリア時代の人気スポーツで、そのために市当局によって野原の真ん中に街灯が設置された。ただし、私の時代に街灯に火がともったという話は聞いたことがない。

ルイスは冬になるとキルンズの林の池にスケートに出かけることがあった。この林が、ナルニアの森のモデルになったと一般に考えられている。ニューナムの街灯はかつて多くの大学人に知られていたから、ルイスが知っていたことも十分ありうる。知っていればきっと空想の種にしたに違いない。これが、ナルニアの林の空き地に一本だけ立っている街灯は、ケンブリッジ近くの空き地に一本だけ立つ街灯がモデルになっているのではないか……という私の説の根拠である」

一九五六年に私はルイスに手紙を書き、ナルニア国物語（*Narnian Chronicles*）が私にとってどれほど大きな存在かを伝えました。ルイスは返事をくれて、そこには、「今でも形容詞を大事にしていて、〝Narnia《ナルニア》〟シリーズではなく〝Narnian《ナルニアン》〟シリーズと呼んでくれる人がいるのは嬉しい」としたためられていました。

二十年後、ロンドンの『タイムズ』紙がイギリスの子どもたちに好きな本への投票を呼びかけました。一位になったのは『チョコレート工場の秘密』で、二位が『ライオンと魔女』でした。さらに二十年が経ち、『ライオンと魔女』の人気はますます高まっています。

✪ 石舞台——『ライオンと魔女』での大事な象徴

イギリスにある先史《せんし》時代の謎の巨石群のなかでも、「ストーンヘンジ」はとりわけ有名です。C・S・ルイスももちろん、この歴史的遺物《いぶつ》を訪れていて、強い感銘《かんめい》を受けました。当時は観光客が石の間を歩きまわって触ったり、低い石に腰かけたりすることができたようです。

ストーンヘンジでもっとも丈の低い石は「いけにえの石」と呼ばれています。数千年前、儀式でいけにえとなった人びとがその石に縛《しば》りつけられ、突き殺されていたのではないかと考えられているからです。表向きはその話に科学的な根拠はないものの、そこで異様《いよう》な儀式が行われていたことは想像にかたくありません。そこで人間がいけにえに捧げられていたことは十分にあり得ます。ルイスがストーンヘンジを石舞台のモデルにしたことはほぼまちがいないでしょう（ルイスの少年時代に出版されたイーディス・ネズビットの『偶然の魔法』では、十歳のクウェンティン少年が夕暮れにストーンヘンジに一人きりで迷い込んでしまいます。彼は祭壇石《さいだんいし》に横になり、眠り込みます。目覚めると、クウェンティン少年は古代の祭壇石がまだ真新しい時代に来ていて、あやうくいけにえにされかけます）。

死が敗れ、アスランがよみがえったとき、石舞台はまっ二つに割れます。死の象徴が新しい生の象徴に変わるのです。このくだりは、イエスの死と復活の際の、まっ二つに裂けた神殿の幕、死体の消えた十字架、空《から》になった墓を読者に思い起こさせます。ナルニア国物語の続きの巻では、割れた石舞台が、アスラン塚という、なかが空洞になった山の記念碑になっています。そこは悲しみの場所というよりは、おごそかな歓びの場所です。

『ライオンと魔女』と聖書

キリストの贖罪《しょくざい》の死を預言《よげん》した「イザヤ書」第五三章四〜一二章（標準改訂訳聖書）は、この物語のアスランの身代わりの死に一部あてはまるところがあります（違うところは、この物語ではアスランが全員ではなく、エドマンド一人を救うために死んでいることです)。

まことに彼はわれわれの病を負い、
われわれの悲しみをになった。
しかるに、われわれは思った、
彼は打たれ、神にたたかれ、苦しめられたのだと。
しかし彼はわれわれのとがのために傷つけられ、
われわれの不義のために砕かれたのだ。
彼はみずから懲らしめをうけて、
われわれに平安を与え、
その打たれた傷によって、
われわれはいやされたのだ。
われわれはみな羊のように迷って、
おのおの自分の道に向かって行った。
主はわれわれすべての者の不義を、
彼の上におかれた。

彼はしいたげられ、苦しめられたけれども、
口を開かなかった。
ほふり場にひかれて行く小羊のように、
また毛を切る者の前に黙っている羊のように、
口を開かなかった。
彼は暴虐なさばきによって取り去られた。
その代の人のうち、だれが思ったであろうか、
彼はわが民のとがのために打たれて、
生けるものの地から断たれたのだと。
彼は暴虐を行わず、
その口には偽りがなかったけれども、
その墓は悪しき者と共に設けられ、
その塚は悪をなす者と共にあった。
しかも彼を砕くことは主のみ旨であり、
主は彼を悩まされた。
彼が自分を、とがの供え物となすとき、
その子孫を見ることができ、

その命をながくすることができる。
かつ主のみ旨が彼の手によって栄える。
彼は自分の魂の苦しみにより光を見て満足する。
義なるわがしもべはその知識によって、
多くの人を義とし、また彼らの不義を負う。
それゆえ、わたしは彼に大いなる者と共に
物を分かち取らせる。
彼は強い者と共に獲物を分かち取る。
これは彼が死にいたるまで、自分の魂をそそぎだし、
とがある者と共に数えられたからである。
しかも彼は多くの人の罪を負い、
とがある者のためにとりなしをした。

〔「イザヤ書」第五三章四〜一二節より〕

❂『ライオンと魔女』からこのひとこと

子どもたちが、ナルニア国物語に学べるものはたくさんあります。

アスラン吼ゆれば、かなしみ消ゆる。（中略）
たてがみふるえば、春たちもどる。

これこそ、エドマンドへの、C・S・ルイスへの、献辞に書かれているルーシィ・バーフィールドへの、そして私たちみんなへの、『ライオンと魔女』からのメッセージです。

『ライオンと魔女』グルメ

『ライオンと魔女』をはじめ、ナルニア国物語にはたくさんの食べ物が出てきます。ルイスによれば、子どもが食べ物に強い関心があるのを知っていて食べ物を登場させたのだろう、と非難《ひなん》されたことがあるそうです。しかしそれは違う、とルイスは言います。食べ物を登場させたのはルイス自身が食べるのが大好きだからです。

ナルニア国シリーズは毎回、読者におやつを紹介しますが、かならずしも手に入れやすかったり、実際に食べておいしいものとはかぎりません。

今日《こんにち》でいうターキッシュ・ディライト（トルコ菓子、砂糖をまぶしたゼリー菓子。

日本語版では「プリン」と訳されている」はきれいなゼリーの一種にすぎませんが、二十世紀初めにイギリスの一部の大学生の間で流行したターキッシュ・ディライトは、あまりおすすめできない種類のお菓子でした。彼らが口にしていたターキッシュ・ディライトには麻薬がまぶしてあったのです。エドマンドをとりこにした魔女の危険なプリンを書いたとき、C・S・ルイスの頭にあったのは、こちらのターキッシュ・ディライトだったにちがいありません。

ターキッシュ・ディライトは『ライオンと魔女』のおかげでアメリカでも有名になりました。ふつうの菓子屋ではめったに見つからないかもしれませんが、メルティス社〔ロンドン・ベッドフォードにある〕から、小さな八角形の箱入りで出ています(箱には「八十年以上も愛されつづけている高級ゼリー。イギリス生まれのお菓子です」とあります)。アメリカでターキッシュ・ディライトに相当するお菓子にはアプレッツとコトレッツがあります。ただし、栄養面を考えるなら、フォーンの洞穴《ほらあな》で出された小イワシをのせたトーストがおやつにはおすすめです。

クリスマスの時期には昔ながらのクリスマス・プディングで、贈り物をたずさえてやってきたサンタクロースを思い出してはいかがでしょう。もっとも、ほとんどの読者にはビーバー夫婦がデザートに出した「焼きたての湯気をほかほかたてた、すてきにねとねとするマーマレード菓子」を紅茶つきで食べるほうがお好みでしょう。

家庭でできるターキッシュ・ディライトの作り方を二種類ご紹介しましょう。一番めはかなり手がかかりますが、二番めのほうはごく簡単です。

熱烈ナルニア愛読者ためのターキッシュ・ディライト

1　ボウルを四つ用意する。

2　「ボウル1」にレモン二個分のすりおろした皮と果汁を混ぜ合わせ、「ボウル2」にライム二個分のすりおろした皮と果汁を混ぜ合わせる。

3　「ボウル3」にオレンジ二個分とグレープフルーツ一個分のすりおろした皮、オレンジ一個分の果汁、大さじ三杯のオレンジ風味のリキュール、大さじ一杯のレモン果汁を混ぜ合わせる。

4　「ボウル4」に大さじ三杯のフランボワーズのブランデーと、ラズベリーのシロップとレモン果汁を大さじ二杯ずつ混ぜ合わせる。

5　大型の重い鍋にカップ二と四分の一の水を入れ、小さじ四分の一の塩を加えて沸《ふっ》騰《とう》させる。

6　そこへ砂糖六カップをかきまぜながら少しずつ入れる。中火でかきまぜながら再び沸騰状態にする。

7　鍋の内側についた砂糖の粒は冷水にひたしたハケで落とす。そのまま十五分間、弱めの中火でかきまぜずに煮る。

⑧ボウルに冷水を一と二分の一カップ入れ、その上にゼラチン十袋（大さじ十杯分）を振り入れ、五分間おいてしとらせる。ゼラチンを鍋のシロップに加えてから鍋を火から降ろし、ゼラチンが固まるまでかきまぜる。

⑨このシロップを四つのボウルにそれぞれ注ぐ。

⑩それぞれの果汁が黄、緑、オレンジ、ピンクになるよう、食紅《しょくべに》を加える。

⑪二十×九×五センチくらいの四角い平鍋四つを冷水にくぐらせてから、シロップを注ぐ。

⑫レモンのシロップには大さじ三杯の砕いたクルミを振りかけ、ライムのシロップには大さじ三杯の、熱湯に通してスライスしたピスタチオを振りかける。

⑬シロップを室温で最低十二時間置く。

⑭平鍋の縁《ふち》に沿ってナイフを入れ、ゼリーを取り出して、ふるった粉砂糖を撒《ま》いた平面の上に置く。

⑮ナイフを冷水にひたしてから、ゼリーを正方形または長方形に切り分け、さらに粉砂糖を加えた中で転がす。

⑯ゼリーを二十四時間置いて乾かし、再びふるった粉砂糖をまぶしてから、パラフィン紙を敷いた箱に詰める。約一・七キロ分できる。

軽症ナルニア患者のためのお手軽レシピ

1 熱湯カップ一に、味なしのゼラチン二袋を溶かす。
2 別の容器で熱湯カップ三に、味つきのゼラチン三袋を溶かす。
3 二つをまぜあわせ、四角い平鍋に約二センチ弱の深さまで注ぎ入れる。
4 しっかりと固まるまで冷蔵庫で冷やす。
5 四角く切り分け、粉砂糖をまぶす。

すぐにめしあがれ。そうでないと、魔法が消えてしまうかもしれませんよ。

『ライオンと魔女』クイズ

Q1 四人の子どもたちの名前は？

（a）ピーター、キャロル、エドマンド、ルーシィ
（b）エドマンド、スーザン、キャロル、ピーター
（c）ロビン、エドワード、スーザン、リン
（d）スーザン、エドマンド、ルーシィ、ピーター

Q2 ルーシィが衣装だんすを通ってナルニアに行ったのは何回？

（a）一回
（b）二回
（c）三回
（d）四回

Q3 物語の中で、最初に他の人のために生命をかけたのは誰？
（a）年取った教授
（b）フォーン
（c）アスラン
（d）巨人ごろごろ八郎太

Q4 「アスラン吼ゆれば、（　　　　　）消ゆる」
（a）冬
（b）夏
（c）かなしみ
（d）世のはじめからの魔法

Q5 白い魔女の名前は？

（a）ジェイディス
（b）リリス
（c）ワンダ
（d）レイス

Q6 四つの王座がある海辺の城の名は？

（a）ペア・カラベル
（b）ケア・パラベル
（c）カラ・パーバル
（d）パラ・シラベル
（e）カーブ・パラレル

Q7 エドマンドが誘惑《ゆうわく》されなかったのは？

（a）プリンへの渇望《かつぼう》
（b）王になりたいという欲望《よくぼう》
（c）きょうだいたちよりも偉くなりたいという欲求《よっきゅう》

（d）アスランに認めてもらいたいという思い

Q8 ピーターがアスランの命令に従い、生命の危険を冒してオオカミを退治したのは、誰を助けるため？

（a）エドマンド
（b）スーザン
（c）ルーシィ
（d）フォーン

Q9 アスランが死んだのは誰の罪を償《つぐな》うため？

（a）アダム
（b）全人類
（c）ジェイディス
（d）エドマンド

Q10 ルーシィが最初にナルニアを訪れたときにフォーンから話を聞き、四人の王と女王を最後にこの世界に連れ戻すことになる生き物は？

（a）物言うコマドリ
（b）魔法の白ジカ
（c）ビーバーさん
（d）赤い小人

クイズの答え

Q1＝（d）　Q2＝（c）　Q3＝（b）　Q4＝（c）　Q5＝（a）
Q6＝（b）　Q7＝（d）　Q8＝（b）　Q9＝（d）　Q10＝（b）

『ライオンと魔女』あなたはどう思う？

＊『ライオンと魔女』でいちばん生き生きした場面は？　いちばん心に残る場面は？　いちばん意味のこもった場面は？

＊アスランによってあなたのイエスへの思いは変わりましたか？　もしそうであれば、どのように変わりましたか？

＊物語の中であなたがいちばん自分と似ていると思うのは誰ですか？　誰がいちばん好きですか？

＊アスランが自然児で飼いならされたライオンではないということを、あなたはどう思いますか？　それはキリストにどのようにあてはまるでしょうか。

＊「アスランが動きはじめた」と、今の私たちの世界で言えるでしょうか？　この世界の雪解けは間近でしょうか？　そのことについてあなたはどう思いますか？

＊物語の説明によれば、エドマンドを堕落《だらく》させたのは何でしょう？　「ヨハネの第一の手紙」第二章一六節にも書いてあります（「すべて世にあるもの、すなわち、肉の欲、目の欲、持ち物の欲は、父から出たものではなく、世から出たものである」）。アスランがエドマンドの心を取り戻せたのは、エドマンドの中にあった何のおかげでしょう？

＊まだ誰かも知らずにアスランの名を初めて聞いたとき、四人の子どもたちが心に感

じた不思議なものをルイスは、まる一段落を費《ついや》して説明しています。悪い誘惑のとりこになっていたエドマンドはおそれの渦に巻き込まれ、勇敢なピーターはなんでもやれるような気になり、美しいものが好きなスーザンはうっとりします。

そしていちばん幼くて純粋な心をもった、陽気で好奇心旺盛なルーシィは、わくわくと胸が躍《おど》り、新たな活力がわきあがってきました。

この感じにはとても深い意味があるように思えます――「一生忘れられないほど美しい夢になり、ぜひもう一度あの夢が見たいと思う」。そんな、夢で感じるような。真の歓びへの憧れ、せめてその歓びを憧れることへの憧れ、ここは実にルイスらしい箇所です。この憧れが本当に意味するものとは何でしょう?

❂『ライオンと魔女』にもとづいた祈り

アスランがすべての名をその正しい持ち主に取り戻させてくれますように。

アスランの息吹《いぶ》きの温《ぬく》もりが私たちに届きますように。

アスランの息吹きが、私たちの石になっている部分をよみがえらせてくれますように。

私たちが衣装だんすのこちら側と向こう側の両方で暮らせますように。

TIM
KIRK

カスピアン王子のつのぶえ

✪飢えから饗宴《きょうえん》へ――『カスピアン王子のつのぶえ』のテーマ

『カスピアン王子のつのぶえ』の物語は、食べるものがない、という状況から始まります。学校に戻る途中だった子どもたちが、魔法の力で別の世界（たぶんナルニア）に引き込まれたと知ってまもなく心配しはじめたのは食べ物のことでした。

「あんまりうまいぐあいじゃないぞ」とピーターが心配します。

その心配は的中しました。子どもたちの冒険のほとんどは楽しいものではありませんでした。冒険の大部分を、リンゴと水と、やっとの思いで解体した狂暴《きょうぼう》なクマの肉だけで過ごさなくてはならなかったからです。しかしわびしい食事が続いた末、最後は楽しいごちそうにあずかることになります。

まずは第十一章の夜明けの宴会。それはアスランのすさまじいおたけびで国じゅうが目を覚ますところから始まります。やがて不思議なブドウのつるや実があたり一帯にはびこります。ギリシャ神話から抜《よ》け出してきたような不思議な人びとも、あたり一帯で浮かれ騒ぎます。アスランの善き祝福がなければバッカスとその仲間たちは危険な連中だったにちがいありません（バッカスは別名ディオニュソスというが、ディオニュソス風のお祭り騒ぎといえば無礼講《ぶれいこう》の乱痴気《らんちき》騒ぎをさす）。では、この楽しさと祝福の源は何でしょう？

第十四章では、この祝宴《しゅくえん》が翌朝再開され、「移動祝祭《しゅくさい》」となって歓《よろこ》びを広めていきます。祝祭が移動する先々で、自然と社会はあるべき姿に正されます。新約聖書に書かれているキリストの奇跡のいくつかが、第十四章に再現されています。

第十五章では、日没後も勝利を祝う饗宴《きょうえん》が続き、そのまま焚《た》き火《び》を囲んで夜通しの宴会となります。夜の間、アスランと月は、喜ばしげな目をまたたきもせず見合わせ、祝宴に招かれた者たちはお腹《なか》いっぱいになって幸せになり、安心して眠りに落ちます。アスランの友人たちはテルマール人とは違って、森やけものや流れる水を愛しているのです。

『カスピアン王子のつのぶえ』のもう一つのテーマ、「計画」についても考えてみましょう。計画の遅れ……狂った計画……本命案と代案……計画の失敗……計画の成功……大いなる計画者。

『カスピアン王子のつのぶえ』を時間と場所で整理すると

時間

＊『ライオンと魔女』ではピーターが十三歳、スーザンは十二歳、エドマンドが十歳、ルーシィが八歳でした。

＊イギリスでは一年が経ち、一九四一年になっています。
＊イギリスで一年経つ間に、ナルニアでは千三百三年が経過していました。

場所

本書の一〇～一一ページのナルニアの地図で、一行の旅をなぞってみましょう。次の場所を探してください。

＊アスラン塚
＊街灯あと野
＊ケア・パラベル
＊ベルナ

物語の流れ

1 第一～三章「ナルニアに到着」
2 第四～七章「小人の話」
3 第八～十一章「長い旅」
4 第十二～十四章「使命を果たす」
5 第十五章「ごほうび」

この物語は延々と続きます。十一章までが長すぎると考える人もいます。では、物語の中の子どもたちは、王子のもとにたどり着くまでの冒険を長すぎると思ったでしょうか？

『カスピアン王子のつのぶえ』の背景

C・S・ルイスはもともと、ナルニア国物語を『ライオンと魔女』の一冊だけで終わらせるつもりでした。しかし一九四九年に書き終わるとすぐ、『カスピアン王子のつのぶえ』の執筆《しっぴつ》にとりかかります。それはひとりでに湧《わ》き出《だ》すように生まれました。『カスピアン王子のつのぶえ』は一九五一年に出版されています。

『カスピアン王子のつのぶえ』は『ライオンと魔女』とほぼ同じ言葉で始まります。「むかし、ピーター、スーザン、エドマンド、ルーシィの四人の子どもたちが……」。しかし物語の三分の二ほどのところで、ルーシィが「あなたがきて、吼えてくだされば、敵はみな逃げていくと思いました。この前の時みたいに――」と言ったとき、アスランは二度と同じことは起こらないものだと答えています。聖書でもそうでしょうか？　私たちの人生ではどうでしょう？

ルイスは『カスピアン王子のつのぶえ』に当初、『ナルニアに引き込まれて（Drawn

into Narnia)』という題をつけていました。しかし出版社がこれを気に入らず、次に『ナルニアのつのぶえ（A Horn in Narnia)』とつけますが、これも出版社に難色《なんしょく》を示され、ルイスは『ナルニアへの帰還《きかん》(The Return to Narnia)』という副題をつけて、『カスピアン王子のつのぶえ』を提案しました。副題に気がつく人はほとんどいないでしょう。この忘れられた副題をのぞいては、題名にナルニアという言葉が入っている作品は、ナルニア国シリーズには一冊もないのです。

ルイスはかつて、『カスピアン王子のつのぶえ』はシリーズの中でもっとも人気がないと言ったことがあります。その理由が、あなたにはわかるでしょうか？

空中にかけられた戸——『カスピアン王子のつのぶえ』での大事な象徴

空中の戸というアイデアは、C・S・ルイスが見た不思議な夢から生まれたのかもしれません。この夢を、ルイスはまだクリスチャンになる前の一九二三年の日記に記しています。ルイスは夕暮れに、大学のキャンパス内にある橋の上にすわっていました。それから他の人たちと丘を上り、その頂上で空中にかかる窓を見ます。そこで小羊が殺され、人間の声で話をします。ルイスにとっては謎めいた夢で、悪夢《あくむ》のようにも思われましたが、後から考えれば、のちにルイスがキリスト教に改宗《かいしゅう》する象徴と解《かい》釈《しゃく》できるのです。

『カスピアン王子のつのぶえ』の空中の戸も、謎です。ナルニア国シリーズの次の作品、『朝びらき丸 東の海へ』にも天空《てんくう》の戸《と》が出てきます。いずれも、私たちの世界と、より高い神の国を結ぶ通《かよ》い路《じ》のイメージです。その扉を人間がコントロールすることはできません。

ルイスの天空の戸はクリスチャンのミュージシャンが出した二枚のアルバムのジャケットに使われています。一枚目のアルバムはボブ・ハードの『おお、彼を中に入れよ (*O Let Him In*)』で、田園風景の中にドアだけが立っている写真。二枚目はボブ・アヤラの『不意なる歓び (*Joy by Surprise*)』で、アルバムの内側には黒いサングラスをかけた盲目のアヤラの写真が入っています。ジャケットの裏は扉に歩み入るアヤラの後ろ姿になっていて、その先にはナルニアの美しい風景が見えます。アルバムの表は天空の戸から出てアスランに近づくアヤラを前からとらえた絵。彼はもうサングラスをかけてはいません。目が見えるようになったのです。

この世界とナルニアをつなぐ接点は他にもあります。『ライオンと魔女』では、子どもたちは衣装だんすを通ってナルニアに行きます。しかし、教授は子どもたちに同じ道を次も使おうとしてはだめだといいましめます。『カスピアン王子のつのぶえ』で、子どもたちがナルニアに行くのは鉄道の駅からでした。列車や駅は、意味深い象徴なのです。

C・S・ルイスは二十四歳になったばかりのとき、日記に、ある夢について記しています。夢の中でルイスは駅の待合室にいて、まだ読んだことのないイーディス・ネズビットの童話を見つけます。ルイスは物語に夢中になり、列車に乗り遅れるのです。鉄道の駅は『さいごの戦い』にも使われています。

❂『カスピアン王子のつのぶえ』と教育

ナルニア国物語の七冊すべてが教育にふれていますが、『カスピアン王子のつのぶえ』はシリーズのなかでも特に教育をよく取り上げています。年を取った乳母《うば》と幼い王子をかわきりに、『カスピアン王子のつのぶえ』に出てくる師弟《してい》関係がいくつあるか、考えてみてください。

ルイスの最初の「先生」は、大好きなナニー（フルタイムで母親の手助けをする女性）で、幼いルイスにアイルランドのおとぎ話をしてくれました。その後、ハーパー先生という女性の家庭教師（両親が雇《やと》い入れた住み込みの教師）につきます。ルイスは日記にこう書いています。「彼女は家庭教師としてはとてもよかったが、家庭教師というものはいずれも似たりよったりだ」。ルイスは九歳になったばかりでした。

第一次世界大戦で徴兵《ちょうへい》された時期をのぞけば、ルイスは一生を学生として、のちには教師として送り、最後の病《やまい》に倒れるまで教師生活を続けました。ところが一九五一年にルイスはこんな弱音《よわね》を吐《は》いています。「教育界はどちらかといえばあまり居心地《いごこち》がよくない」。たいていの人が、時には感じるのではないでしょうか。「世の中はどちらかといえばあまり居心地がよくない」と。『カスピアン王子のつのぶえ』の、良い先生、悪い先生はそれぞれどうなったのでしょう?

ある意味で、ナルニア国物語全体で最高の先生といえるのは、アスランその人です。アスランが『カスピアン王子のつのぶえ』をはじめ、シリーズのなかで教えてくれていることを考えてみましょう。この物語でアスランはルーシィに、あんたが年ごとに大きくなるにつれて、わたしをそれだけ大きく思うのだよ、と言っています。私たちが成長するにつれて神を大きく感じるというのは本当でしょうか。また、それはなぜでしょうか。

✿『カスピアン王子のつのぶえ』と聖書

「詩篇」第一四八篇はいくつかの点で『カスピアン王子のつのぶえ』に関係がありま

す。共通のキーワードを探してみましょう。また共通の真理《しんり》も探してみてください。

主をほめたたえよ。
もろもろの天から主をほめたたえよ。
もろもろの高き所で主をほめたたえよ。
その天使よ、みな主をほめたたえよ。
その万軍よ、みな主をほめたたえよ。
日よ、月よ、主をほめたたえよ。
輝く星よ、みな主をほめたたえよ。
いと高き天よ、天の上にある水よ、
主をほめたたえよ。
これらのものに主のみ名をほめたたえさせよ、
これらは主が命じられると造られたからである。
主はこれらをとこしえに堅く定め、
越えることのできないその境を定められた。
海の獣よ、すべての淵よ、地から主をほめたたえよ。
火よ、あられよ、雪よ、霜よ、み言葉を行うあらしよ、

もろもろの山、すべての丘、
実を結ぶ木、すべての香柏よ、
野の獣、すべての家畜、這うもの、翼ある鳥よ、
地の王たち、すべての民、
君たち、地のすべてのつかさよ、
若い男子、若い女子、老いた人と幼い者よ、
彼らをして主のみ名をほめたたえさせよ。
そのみ名は高く、たぐいなく、
その栄光は地と天の上にあるからである。
主はその民のために一つの角をあげられた。
これはすべての聖徒のほめたたえるもの、
主に近いイスラエルの人々の
ほめたたえるものである。
主をほめたたえよ。

〔「詩篇」第一四八篇〕

✪『カスピアン王子のつのぶえ』の脇役たち

アラビル＝明けの明星
ベリザール、ユービラス、パッサリード族、アーリアン、エリモン＝一二九〇年ごろに殺された貴族たち
ブロミオス、バサレウス、雄羊どの＝古代の神ディオニュソスの別名
ふくらグマ＝クマの三きょうだい
カミロ＝野ウサギ
シャベルつかい＝モグラ（ルイスは海軍の歴史に同じ名前〔Clodsley Shovel〕の人物が実在するのを発見した）
デストリア＝カスピアンの愛馬
谷あらし＝セントール
グロゼールとゾペスピアン＝ミラースに仕える貴族
グエンドーレン＝歴史の授業を受けていた生徒
かみちぎりの三きょうだい＝アナグマ
とげぼうず＝ハリネズミ
ミラース王と三角スモモ女王＝カスピアンの悪いおじとおば。一二九〇年から一二

三〇三年まで王位にあった。
アーケン国のナイン王＝インドのウルドゥ語でnain《ナイン》は目を意味する。
ユリの花手＝一〇〇〇年から一〇一五年まで、ナルニアのモグラの親方をつとめたモグラ
メンチアス、オベンチナス、ダムナス、ボルナス、ボルチナス、ギルビアス、ニミエナス、ノーサス、オスカンス＝フォーン
プリズル先生＝意地悪な歴史の先生
カラスが岩の大ガラス＝Scaur〔カラスが岩の原語はRavenscaur〕は岩場や崖《がけ》という意味
ニカブリク＝ひねくれた黒小人　枝渡り＝リス
ポメリー＝グロゼールの馬
ポモナ＝ローマ神話で果樹の女神
リーピチープ＝物言うネズミ
リンドン＝ピーターの剣
船座、つち座、ヒョウ座＝ナルニアの三星座
シレノス＝古代神話の森の神
「はりのかがやき」号＝王の船〔『馬と少年』では同じSplendour Hyalineが「か

がやける鏡の海」号になっている。ナルニア人たちがタシバーンから脱出するのに使った船〕

タルバとアランビル＝それぞれ勝利と平和をつかさどるナルニアの星

松露とり＝アナグマ

天気てんくろう＝巨人

✪『カスピアン王子のつのぶえ』からこのひとこと

あなたは、アダムの殿とイブの方との血すじなのだ。そしてそれこそ、世にもまずしい乞食の頭をもたげさせるほど名誉があり、地上でもっとも偉大な皇帝をさえ、ふかくおじぎさせるほど、はじを知るもの、人間というものだよ。

この、背中合わせになった名誉と恥は、聖書ではどのように説明されているでしょうか。

✪『カスピアン王子のつのぶえ』グルメ

『カスピアン王子のつのぶえ』を読みながら食べたいのは「今までに見たこともないほど、ひきしまって汁気の多い大きな、黄色がかった金色の」リンゴでしょう。あるいは、「見たところはよくしまり、実がびっしりとついていて、口にいれるとさわやかな甘みがひろが」る「まことにすばらしいブドウ」。はたまた思いきって、「山づみになり、滝のようになだれ」る、「モモ、スイミツ、ザクロ、ナシ、ブドウ、イチゴ、キイチゴ」を奮発《ふんぱつ》してみては。でもふつうのリンゴだけでも物語の雰囲気《ふんいき》を楽しむには十分。クマ肉のバーベキューとなるとまた話は別ですが。

およそ食欲をそそらない言葉

アスランを見て、テルマールの兵士たちのほおは土気色《つちけいろ》になりました。「土気色」は原文で「冷たくなった肉汁の色《the color of cold gravy》」となっています。これ以上にうまい表現を考えてみてください（きっと無理でしょう）。

ルイスは十歳のとき、日記にこう書いています。「厚い、胸の悪くなるような黄色い脂身《あぶらみ》のついたゆでた牛肉に、ねばねば団子《だんご》と呼ばれていた灰色のプディングをつけあわせたものが山ほど出た」。母親が亡くなった後、ルイスは小さな寄宿学校で暮らしていました。学校を経営していたのは芯から冷酷《れいこく》で、くるった性格の男だったといいます。彼は「記念像のアッシリア王のようにぶ厚い唇をしたひげ面の大男で、とてつもなく腕力が強く、体の手入れをしないので不潔だった」

この校長がどんなふうに、ある気の毒な少年を目の敵《かたき》にしていつも叩いていたかをルイスは書いています。とてもいい子だったのに、校長は幾何学《きかがく》で答えを間違えたことを理由に情け容赦《ようしゃ》なく鞭《むち》で打ちすえました。少年は鞭打たれることに慣らされていたので、「声ひとつたてなかったが、この拷問《ごうもん》が終りに近づいたときになって、人間のものとは思えない声がその口から洩れた。あのしわがれた異様な叫び、クラスメートたちの灰色になった顔と死んだような静寂《せいじゃく》は、できれば忘れてしまいたい記憶の一つである」。恐怖は灰色をしているのです。

幼いカスピアンの教育に口出しし、その後彼を殺そうとするミラース王は、ルイスの最初の校長がモデルになっているのかもしれません。

もっと軽い筆致《ひっち》で、ルイスは十七歳のとき、個人教授を受けるために優秀な教師、カークパトリック先生の家に下宿した楽しい生活を振り返っていますが、「ただ一つ、バターの埃《ほこり》を払ってくれさえしたら、もう言うことなしなのだが……」と述懐《じゅっかい》しています。

✪『カスピアン王子のつのぶえ』クイズ

Q1 『カスピアン王子のつのぶえ』で、子どもたちがナルニアに入り込んだのはどこから?

(a) 衣装だんす
(b) 教会の扉
(c) 鉄道の駅のベンチ
(d) 果樹園

Q2 子どもたちに、かつて暮らしていた城がわからなかったのはなぜ?

(a) あまりにも立派だったから
(b) 廃墟《はいきょ》になっていたから
(c) 忘れていたから

Q3 ピーターの剣の名は?

(a) リンドン
(b) カスピアン

（c）フェンリス・ウルフ
（d）デストリア

Q4 コルネリウス博士にあてはまらないのはどれ？
（a）カスピアンの先生
（b）混血小人
（c）ミラースに対する反乱者
（d）生粋《きっすい》のテルマール人

Q5 何百年も前に石舞台の上に築かれた、なかが空洞になった不思議な山の名は？
（a）アスラン丘
（b）ミラース山
（c）カスピアン岳
（d）アスラン塚

Q6 ナルニアには魔法にゆかりのある大事な場所が三つありますが、次のうち違うのはどれ？

（a）石舞台
（b）街灯あと野
（c）テルマール
（d）ケア・パラベル

Q7 途中の物語の語り手となっているのは誰？
（a）トランプキン
（b）ニカブリク
（c）カスピアン
（d）ピーター王

Q8 アスランがその人だけに姿を見せ、ついてくるように言ったのに、ついていかなかったのは誰？
（a）ピーター
（b）エドマンド
（c）スーザン
（d）ルーシィ

Q4 ピーターとミラースの決闘の最後に起こらなかったことは？

（a）人が殺された

（b）引き分け

（c）全軍あげての戦闘

（d）森がよみがえって川に押し寄せた

Q10 子どもたちがイギリスに戻った方法は？

（a）角笛を吹いて

（b）衣装だんす

（c）空中の戸

（d）長い徒歩の旅

クイズの答え

Q1＝（c）　**Q2**＝（b）　**Q3**＝（a）　**Q4**＝（d）　**Q5**＝（d）

Q6＝（c）　**Q7**＝（a）　**Q8**＝（d）　**Q9**＝（b）　**Q10**＝（c）

✪『カスピアン王子のつのぶえ』あなたはどう思う？

＊「じぶんからふさわしいと思いこんでいたら、それこそふさわしくないしるしなのだよ」。アスランはカスピアンを王位につけるときにそう言っています。謙遜《けんそん》と間違った罪悪感《ざいあくかん》とはどこが違うのでしょう？　健全な自尊心《じそんしん》と愚《おろ》かなプライドの違いは？

＊自分の顔を「ゆさゆさとゆれるたびにかがやく黄金色《こがねいろ》」のアスランのたてがみにうずめるところを想像してみてください。アスランに対してどんな気持ちになるでしょうか？　キリストに対しては？

＊おばあさんが嬉しそうに「一生のあいだ、待っていたんです。わたしをおめしにいらっしゃったのですか？」と言うと、アスランは「長い旅のほうはまだですよ」と答えています。死後の生への長い旅にめされることに、あなたは正直なところどう感じますか？　あなたはキリストの顔を拝《おが》む日を待ち望んでいますか？

＊臨終《りんじゅう》を迎えようとしていた小さなおばあさんは「おや、わたしの家の井戸に、何かなさいましたね。でも、すてきな変わりかたですねえ」と言うと、なんとベッドから

はね起きます。この場面はイエスがカナの婚礼で水をワインに変えた奇跡を思い出させます。キリストは現代人の井戸にも何かなさると思いますか？（井戸は深い心の内面を象徴することがあります）

＊アスランはスーザンに「おくびょう神の声をきいていたんだね」と言います。臆病《おくびょう》になったために間違った行動をとるのはよくあることでしょうか？　自分の生活を振り返って具体的に考えてみてください。また、「ヨハネの第一の手紙」第四章一八節の言葉（「愛には恐れがない。完全な愛は恐れをとり除く。恐れには懲《こ》らしめが伴い、かつ恐れる者には、愛が全《まっと》うされていないからである」）が、『カスピアン王子のつのぶえ』ではどんなかたちで表れているか、考えてみてください。

❂『カスピアン王子のつのぶえ』から生まれた詩

コルネリウス博士がカスピアンに教えた科目の一つに「詩の作りかた」があります。詩を読んだり書いたりすることは、ルイスの生涯変わることのない楽しみの一つでした。実は、若いころは大詩人になりたいという野心《やしん》を抱いていたほどです。

ある夏、メアリー・ストルツェンバックというアメリカ人がキャンピングカーで旅行していた間、天井に大きなアスランのポスターを張って、寝転《ねころ》べば見上げられるようにしました。そうするうちに浮かんできたのが次の詩です。

ナルニアに輝く星

澄みきって銀にきらめき、高く遠く
ナルニアの上空に歌う星ひとつ、
「従いきたれ、従いきたれよ
いざ、ライオンの愛へ！」

星は空高く歌い、はるか下
街灯あと野に明かりがともる
若いフォーンが並んですわり
うっとりといにしえの物語に耳傾ける。

今夜ケア・パラベルでは
ワインが注がれ、火がこうこうと輝き、

宴が続く。偉大な治世者たちは
強く厳かに座している、
けれどみな、ルーシィのように、ほがらかな心で
（なぜなら彼女は良いほうを選んだのだから）――

さあ、荒々しい抱擁《ほうよう》を受けよ、
輝く顔を見よ
ライオンの愛の。

アスランの父、海のかなたの国の大帝よ、
私たちにも、どうか私たちにも光をおつかわしください、
大地が夜の闇深く沈んだここに、
あなたからの光を。

✪『カスピアン王子のつのぶえ』にもとづいた祈り

日々の糧《かて》に飽きたら、私に忍耐心をお与えください。

あなたの導きに従う勇気をお与えください、
　たとえそのために嫌われるとしても。
たえず嘘いつわりなく学び教えさせてください。
勝利の宴の喜びを今、少しだけ味わわせてください。
そのときが訪れたら勇気をもって歩む潔さをお与えください。
　あなたのかけた空中の戸の向こうへ。

朝びらき丸 東の海へ

✪ 西から東へ――『朝びらき丸 東の海へ』のテーマ

『朝びらき丸 東の海へ』の物語は、東をめざす旅の物語です。東は古来から「神に向かう」方角とされてきました。実際、東は聖書で最初に出てくる方角ですし（「創世記」第二章八節）、教会は伝統的に身廊の東の突き当たりに祭壇《さいだん》がくるよう設計されてきました。

C・S・ルイスがキリスト教に入信してから書いた最初の作品、『天路退行《てんろたいこう》』は、懸命に「西へ」、神から遠ざかる方向へと、楽園の島めざして旅をする若者の物語です。若者は最後に、世界は丸いのだから、遠い西の島が実は彼の恐れていた東の山脈、神の国だったことを知ります。これとは対照的に、『朝びらき丸 東の海へ』ではリーピチープが東にある神の国にたどり着きたいと憧《あこが》れています。

人生そのものが旅だと、あなたは考えたことはあるでしょうか。これをテーマにした本のなかでももっとも有名で愛されているのが、一六七〇年ごろジョン・バニヤンによって書かれた『天路歴程《てんろれきてい》』です。二百年以上もの間、イギリスのたいていの家庭には本がかならず二冊はあって、一冊は欽定訳聖書《きんていやくせいしょ》、もう一冊が『天路歴程』だったといい、いずれもイギリス文学の最高傑作といえます。欽定訳聖書は優秀な学者集団によって完成され、『天路歴程』は無学で貧しい田舎《いなか》の男が監獄《かんごく》の独房《どくぼう》で書いたものです。C・S・ルイスはそのどちらも愛読しました。

「真理と光をめざす旅は、まず心の海を渡ることから始めなければならぬ」。「人生は旅、目的地にあらず」。インスピレーションを与えてくれる言葉の多くがそうであるように、これらの言葉も懐《ふところ》が深く、真理を伝えてくれると同時に誤解も招きます。

約束の地への旅という聖書のテーマは、多くの人々にとって一生の支えとなってきました。ナルニア国物語の第三巻に描かれる東の果てへの旅も、同じように読者の心の支えとなっています。ある意味で、『朝びらき丸 東の海へ』は人生という旅のガイドとして、聖書と『天路歴程』に次ぐ一冊であるといってもいいでしょう。

❂『朝びらき丸 東の海へ』を時間と場所で整理すると

二三〇六年－二三〇七年＝ナルニア時間で航海をした年（カスピアン十六歳）

一九四二年＝エドマンドとルーシィとユースチスの時代で航海をした年（それぞれ十二歳、十歳、九歳）

八月六日＝三人の子どもたちが航海に加わった日

八月二十二日－九月二日＝嵐

九月三日－十一日＝凪《なぎ》のなか、のろのろと東へ進む

九月十一日－十七日＝竜の島に上陸

この物語はイギリスのケンブリッジで始まり、ケンブリッジで終わりますが、その間にとてもたくさんの出来事が起こるので、あらましを見ておくと役に立つでしょう。航海は大きく一〇のできごとに分けられます。

1 ケア・パラベルから西の四諸島まで、四百リーグ、三十日間の旅。
2 離れ島諸島での冒険。フェリマスで一行は奴隷《どれい》商人に捕らえられ、ドーン島のいりみなとで腐敗《ふはい》した統治《とうち》を正す。
3 十二日間の大嵐ののち、不安な八日間を過ごす。
4 竜の島で一週間滞在、焼けあと島にしばし立ち寄る。
5 五日間の航海、海蛇と死闘を繰り広げる。
6 死水島の呪《のろ》いから逃げ出す。
7 コリアキンが治める声の島と魔法の本。
8 悪夢が現実になるくらやみ島。
9 アスランのテーブルにごちそうが並ぶラマンドゥの島。
10 空が大地につながる、この世のはて。

カスピアンがこの航海に出たのは『カスピアン王子のつのぶえ』に出てくる、（ミラースの謀略《ぼうりゃく》によって）行方不明になった七人の貴族を探すためでした。貴族たちの消息は次の通りです。

1 ベルン卿＝離れ島諸島の公爵《こうしゃく》となる。
2 オクテシアン卿＝竜に殺されたと思われる。
3 レスチマール卿＝黄金の像に変えられた。
4 ループ卿＝くらやみ島から救出される。
5 レビリアン卿＝魔法による眠りから目覚める。
6 アルゴス卿＝魔法による眠りから目覚める。
7 マブラモーン卿＝魔法による眠りから目覚める。

アスランはこの本に七回登場します。

1 ユースチスの前に現れ、人間の姿に戻す。
2 通っていく姿を見せ、金水島の欲の呪いを破る。
3 魔法の本の中に現れ、ルーシィを誘惑から救う。

4 見えないものを見えるようにしたルーシィの前に現れる。
5 光輝くアホウドリの姿で現れ、船をくらやみ島の外に導く。
6 壁飾りのライオンの頭が動き出し、カスピアンをさとす。
7 子ヒツジがアスランになる。

✪『朝びらき丸 東の海へ』の背景

一九一九年、二十歳のときにC・S・ルイスは最初の著書『囚われの魂』を出版しました。第一次世界大戦で戦い、フランスの戦場で受けた傷から回復したばかりのルイスは、オックスフォード大学に復学《ふくがく》して野心《やしん》に燃えていました。『囚われの魂』は十代後半に書いた詩のうち四十篇を収録していますが、ルイスの反キリスト教的な人生観を表現したものでした（後の回想によると、ルイスは神が存在しないことに腹を立てていたといいます）。

皮肉にも、ルイスがこの本のために書いたプロローグの最後の数行は『朝びらき丸 東の海へ』を予感させるものとなっています。

私は詩の皮ばり舟に乗り

いまだ知らぬ国々を歌うだろう……
みずみずしく静かなる緑に満ちた
隠された国を歌うだろう。
海図のない海を漕《こ》ぎ渡り
誰も見たことのない港めざして。

十二年後、ルイスはクリスチャンになります。さらに二十年後、彼は自分の皮ばり舟に乗って漕ぎ出してゆくリーピチープの物語を書きました。ルイスは「隠された国」を見つけたのだと多くの読者は言うことでしょう。

一九四九年八月一六日、『朝びらき丸 東の海へ』の出版の前年に、ルイスは文通相手に次のように書いています。

「私はたしかに海が好きなのでしょう。人気《ひとけ》のない冬の海辺を散歩すること、船のデッキから（水というより打ち延べした銅《どう》のように）船体に砕けては去る波を見ること、緑とジンジャービールの混じったような色の大波に頭から飛び込むこと、何でも好きです。私は海の近くで育ちましたが、今はなかなか行く機会がありません。また、浅い川で泳ぐ楽しみにも目覚めました。（中略）それはまるで水というより光の中を泳いでいるようです。何キロも歩いてきた喉《のど》の渇《かわ》きを、そこでいやすこともできます」

〔『C・S・ルイスの手紙』〕

C・S・ルイスが、自身の人生と夢（良いものも悪いものも）を『朝びらき丸 東の海へ』に込めたのは疑うべくもありません。

一九五四年五月二十九日付の手紙でルイスは、メリーランド州の小学五年生クラスから寄せられた『ライオンと魔女』、『カスピアン王子のつのぶえ』、『朝びらき丸 東の海へ』についての手紙に答え、シリーズは全部で七冊になり、四冊めの『銀のいす』がすでに出版されていると書いています。また、リーピチープとニカブリクはこの世界の何かを象徴《しょうちょう》しているわけではない、とも。

「でももちろん、天国を探し求めることに一生をささげる人は、誰でもリーピチープでしょうし、この世のものがほしいあまりにそれを手に入れるためならよくない手段でも平気で用いる気になってしまった人は、ニカブリクのような行動をとるのではないかと思います。そうです。リーピチープはたしかにアスランの国に到着しました」。

そして手紙は次のように終わっています。

「わたしの知っているかぎりでは、アスランの国に行くには死を通過するほか、ありません。とてもいい人たちは、死なないうちにアスランの国をちらっと見ることがあるかもしれませんが。みなさんにわたしの心からの愛をお送りします。みなさんがお祈りをするとき、神さまがわたしをも祝福してくださるように、ときどき祈ってください」

〔『子どもたちへの手紙』〕

✿ 魔法のまじない――『朝びらき丸 東の海へ』での大事な象徴

魔法の本に書いてあった忘れられた物語は「元気をとりもどす」まじないでした。それは三ページにわたって書かれ、お話と絵はルーシィにとって現実のようにまざまざと訴えかけます。今まで読んだお話のうちでこれほどすてきなものはなかったのに、まるで夢のように消えてしまいました。それは、たしか杯《さかずき》と剣と木と緑の山の話だったはずです。

『朝びらき丸 東の海へ』の読者すべてがそうだと気づくわけではありませんが、ルーシィが見つけたのは贖罪《しょくざい》の物語ではないかという解釈《かいしゃく》もあります。もっとも、確証はありません。杯は最後の晩餐《ばんさん》の杯、剣はペテロがゲッセマネの園でイエスを守ろうと間違ったかたちで使ってしまった剣、あるいはイエスの脇腹《わきばら》を突き刺した剣ではないでしょうか。木はイエスがかけられた十字架のことでしょう。しかし、緑の山は？

C・S・ルイスがベルファストに生まれるちょうど五十年前、セシル・フランシス（ファニー）・アレクサンダーという三十歳のアイルランド人女性が、ベルファストの街の郊外にある緑の山（現在はここにも街が広がっている）を眺《なが》めていて、エルサレム郊外のカルバリの丘〔イエスが十字架にかけられたゴルゴタのラテン名〕を想像しました。そして、聖金曜日〔イエスの十字架上の死を記念する日〕の讃美歌《さんびか》として愛されるようになった詩を書いたのです。

城壁の向こうの
遠い緑の山
主が十字架にかけられ
我らみなを救うために死んで下さった場所

ルイスは子どものころ、祖父が説教師をしていたベルファストの教会で、この讃美歌を何度となく聴いていたにちがいありません（ファニー・アレクサンダーは他にも「明るく美しきすべてのもの」、「かつてダビデ王の都で」、「騒乱の向こうからイエスは私たちに呼びかけられる」などの讃美歌を書き、愛唱されました）。

魔法の本を読み進めていったルーシィは無事に役目を果たし、そしてアスランが現れます。アスランはルーシィに、あの魔法の物語を何年でも何年でも、かならず話してあげると約束します。のちに子どもたちを家に送り返すとき、ルーシィが私たちの世界からアスランの国に行く方法をたずねると、アスランは「いつでも教えてあげるとも」と答えます。私たちが読んだり耳にしたことのある良い物語のなかでもっともすばらしいのは、まさに「元気をとりもどす」物語なのです。

✪『朝びらき丸 東の海へ』裏ばなし

1 リーピチープに行儀を教えられた後、ユースチスが横になって寝たわけは？

2 総督《そうとく》ガンパスのテーブルを投げたエピソードは、福音書《ふくいんしょ》の一節を思わせます。（「マタイによる福音書」第二一章一二節、「マルコによる福音書」第一一章一五節）。ラマンドゥの「火の実」は旧約聖書の一節を思わせます（「イザヤ書」第六章）。

3 ユースチスの竜の姿を自己中心的で愚かなその内面に、そして竜の皮を脱ぎ捨てたことを救済《きゅうさい》になぞらえる読者は多いはずです。人間の姿に戻ってからのユースチスはどれだけいい子になったでしょうか。ルイスは書いています。「その文句に『ソレヨリゆーすちす、別ノ少年ニ生マレカワリタリ』といれたら、すてきだったでしょうし、またかなりほんとうのところだったでしょう。しかし、きびしいいいかたをすれば、ユースチスは、ちがった男の子になりはじめたところでした。あともどりもありました」

イーディス・ネズビットの『モーリス、ネコになる（*The Cat-hood of Maurice*）』というお話では、男の子が自分のいじめていたネコに変身してしまいます。「あたがネコになったことがあれば、モーリスがどんな目にあったか少しはわかるでしょう」。ネズビットは言います。少年はみじめな一週間を過ごしたのち男の子に戻るのですが、ネズビットは言います。「この後モーリスが模範的な少年になったのではないかと思われるかもしれませんが、心配ご無用です。そうはなりませんでした。でも以前よりはずっといい子になりました」

4 アスランはルーシィに、あなたがわたしを見えるようにしたのだ、と言います。「わたしだって、わたしのさだめたきまりにしたがうものだとは、思わないか?」。神はどんなきまりに従うのでしょうか？　そして神の力のほうが上回るきまりとは何でしょう？

5 エドマンドが物事はいつも見たとおりのものだとはかぎらない、と言うと、ラマンドゥの娘はたしかに自分がエドマンドたちの味方だとは「わかりませんわ」と答えます。「ただそうと信じるか、信じないかです」。キリスト教徒はわからないままに信じなければならないのでしょうか？ 信じるほうを選ぶ姿が、『銀のいす』の緑色の魔女と対決する場面の最後にあざやかに描き出されています。

6 一九七七年、ニュージャージー州パターソンの都市部聖職者委員会がスラム地区に学校を設立し、「朝びらき丸校」と名づけました。カリフォルニア州の長老派教会のキャンプ地にはすでにナルニアの名がついています。

7 日本在住のアメリカ人、メアリー・ストルツェンバックが本国の友人にこんな手紙を書きました。「日本にもナルニアにまつわるグループがあるなんて信じられる？ 日本語のお知らせを見たの。そのグループは『ナルニア国物語読書会』といって、日本の英国国教会が設立した立教という大学の教室に集まって活動しているそうよ」

8 リーピチープがスイレンの海に自分の剣を投げ捨て、たった一人で漕ぎ去る場面はまるでアーサー王の最期の姿を再現しているようです。ルイスはそれを意識していました。実際、ルイスはこの本の最初のほうでアーサー王の名を出しています。アーサー王の高貴な魂が、この物語の底を流れていることを示唆《しさ》するように。

✿『朝びらき丸 東の海へ』と聖書

「エゼキエル書」第四三章二節〜五節、第四七章一〜一二節の不思議にも美しい預言《よげん》には、いくつかの点で『朝びらき丸 東の海へ』に通じるものがあります。

その時、見よ、イスラエルの神の栄光が、東の方から来たが、その来る響きは、大水の響きのようで、地はその栄光で輝いた。わたしが見た幻の様は、彼がこの町を滅ぼしに来た時に、わたしが見た幻と同様で、これはまたわたしがケバル川のほとりで見た幻のようであった。それでわたしは顔を伏せた。主の栄光が、東の方に面した門の道から宮にはいった時、霊がわたしを引き上げて、内庭に導き入れると、見よ、主の栄光が宮に満ちた。(中略)

そして彼はわたしを宮の戸口に帰らせた。見よ、水が宮の敷居の下から、東の方へ流れていた。宮は東に面し、その水は、下から出て、祭壇の南にある宮の敷居の南の端から、流れ下っていた。彼は北の門の道から、わたしを連れ出し、外をまわって、東に向かう外の門に行かせた。見よ、水は南の方から流れ出ていた。

その人は東に進み、手に測りなわをもって一千キュビトを測り、わたしを渡らせた。すると水はくるぶしに達した。彼がまた一千キュビトを測って、わたしを渡らせると、水はひざに達した。彼がまた一千キュビトを測って、わたしを渡らせると、水は腰に達した。彼がまた一千キュビトを測ると、渡り得ないほどの川になり、水は深くなって、泳げるほどの水、越え得ないほどの川になった。彼はわたしに「人の子よ、あなたはこれを見るか」と言った。

それから、彼はわたしを川の岸に沿って連れ帰った。わたしが帰ってくると、見よ、川の岸のこなたかなたに、はなはだ多くの木があった。彼はわたしに言った、「この水は東の境に流れて行き、アラバに落ち下り、その水が、よどんだ海にはいると、それは清くなる。おおよそこの川の流れる所では、もろもろの動く生き物が皆生き、また、はなはだ多くの魚がいる。これはその水がはいると、海の水を清くするためである。この川の流れる所では、すべてのものが生きている。すなどる者が、海のかたわらに立ち、エンゲデからエン・エグライムまで、網を張る所となる。その魚は、大海の魚のように、その種類がはなはだ多い。ただし、その沢と沼とは清められないで、塩地のままで残る。川のかたわら、その岸にこなたかなたに、食物となる各種の木が育つ。その葉は枯れず、その実は絶えず、月ごとに新しい実がなる。これはその水が聖所から流れ出るからである。その実は食用に供せられ、その葉は薬となる」

〔「エゼキエル書」第四三章二節〜五節、第四七章一〜一二節〕

『朝びらき丸 東の海へ』からこのひとこと

そこにいたる道が、長いか短いかは、いえないが、一つの川をこしていくのだということだけは、いっておこう。しかし、そのことをおそれるな。なぜならわたしは、大いなる橋のつくり手だからなのだ。（中略）ただし、あちらの世界では、わたしは、ほかの名前をもっている。あなたがたは、その名でわたしを知ることをならわなければならない。そこにこそ、あなたがたがナルニアにつれてこられたほんとうのわけがあるのだ。ここですこしはわたしのことを知ってくれれば、あちらでは、もっとよくわかってくれるかもしれないからね。

川とは何のことでしょう？　そして、橋のつくり手とは誰のことでしょう？　最後の文章はナルニア国物語の読者すべてにいえることなのでしょうか？

『朝びらき丸 東の海へ』グルメ

『朝びらき丸 東の海へ』を読んでいると、ミネラルウォーター、とくに天然炭酸水タイプが飲みたくなるかもしれません。クジャクやイノシシの頭、シカの腹、ゾウの形のパイ〔ラマンドゥの島のアスランのテーブルにあったごちそう〕は現実の世界では縁がなさそうです。ルーシィが一時のランチに食べた、魔法で現れたオムレツ、小ヒツジのひやし肉、グリンピース、イチゴアイス〔声の島で魔法つかいにもてなされたごちそう〕はとてもイギリス的な食べ物です。焼き魚〔東の果てで子ヒツジが子どもたちにふるまった朝食〕もおいしそうです。いずれにしても、ユースチスのように、死んだ竜の肉を食べるはめにならずにすむのはありがたいことですね。

『朝びらき丸 東の海へ』クイズ

Q1 ユースチス・クラレンス・スクラブとペベンシーきょうだいの間柄は？

（a）ケンブリッジのいとこ
（b）オックスフォードの友だち
（c）ナルニアのおい

Q2 ユースチスとルーシィとエドマンドがナルニアに行った方法は？

（a）空中の戸
（b）衣装だんす

（c）船の絵

Q3 カスピアンの航海の目的は何？
（a）ミラースへの復讐《ふくしゅう》
（b）この世のはて
（c）殺された父の七人の友人

Q4 ベルン卿の助けを借り、一行が離れ島諸島で破った悪は？
（a）魔法の呪い
（b）奴隷《どれい》商売
（c）悪夢

Q5 離れ島諸島を出航した後、「朝びらき丸」が二週間のあいだ見舞われたのは？
（a）嵐と凪《なぎ》
（b）海蛇の襲撃《しゅうげき》
（c）とらわれの身となる

Q6 竜の島で起こったことは？
（a）ユースチスの性格が直りはじめた
（b）ユースチスが完璧ないい子になった
（c）ユースチスが見放された

Q7 死水島の秘密とは？
（a）黄金は死を意味する
（b）レスチマール卿が大金持ちになった
（c）水という水が毒だった

Q8 声の島であてはまるのはどれ？
（a）皮ばり舟が一本足と呼ばれている
（b）一本足が、のうなしあんよと呼ばれている
（c）のうなしあんよが一本足と呼ばれている

Q9 くらやみ島で起こったことは？
（a）カスピアンによって光がもたらされた

（b）夢がほんとうになった
（c）アスランが子ヒツジの姿で目撃された

Q10 ラマンドゥとは誰？
（a）美しい娘を持つ引退した星
（b）魔術師
（c）行方不明になっていた貴族

クイズの答え

Q1＝（a）　Q2＝（c）　Q3＝（c）　Q4＝（b）　Q5＝（a）
Q6＝（a）　Q7＝（a）　Q8＝（b）　Q9＝（b）　Q10＝（a）

『朝びらき丸 東の海へ』あなたはどう思う？

＊「まもなくとは、いつのことをもいうのだよ」とアスランはルーシィに言います。自分の人生の過去、現在、未来を眺めてみて、その言葉をどう感じますか？

＊『朝びらき丸東の海へ』の最初の文章は、「変わった書き出しを集めた本」に取り上げられたことがあります。「いまからすこしむかし、ユースチス・クラレンス・ス

クラブという男の子がいました。へんな名まえでしょう？　ところがその男の子がまた、その名まえにふさわしい、へんな子だったのです」（研究者のダグラス・ローニーによれば、ルイスはユースチスという名前をE・M・フォースターの『天国行きの乗合馬車』に登場するわがままな少年、ユースチス・ロビンソンからとったそうです）。

クライヴ・ステープルズ・ルイスは四歳のとき、自分でジャクシーという愛称を考え、その後一生、親しい友人や親族の間ではジャックで通っていました。それ以外の知人にはルイスまたはルイスさんと呼ばれていました。

あなたは自分の名前をどう思いますか？　自分の名前とどうつきあってきましたか？　神様が私たち一人ひとりのために新しい名前を用意してくださっている、という聖書の言葉が本当であればいいと思いますか？

＊『朝びらき丸東の海へ』の最初のほうで、ルイスは「ユースチス・クラレンスはいとこたちがきらいでした」とあからさまに書いています。ペベンシー家のきょうだい二人は、子どもたちだけで夏休みをユースチスの家で過ごすはめになります（イーディス・ネズビットの物語『親せきのおばかさん』は、語り手の次の言葉から始まります。「私たちはそのクリスマスイブまでいとこのシドニーには会ったことがありませんでしたが、その時もべつに会いたくはなかったし、いざ会ってみると彼のことが嫌いでした」。そんないとこたちの家で、シドニーは両親と離れ、一人きりでクリスマ

ス休みを過ごすはめになります）。

たいていの人には、人生でこんな「そりの合わないいとこ」が待ちうけているものですが、例えば何がそれにあたるでしょう？

＊くらやみ島で一行が出会ったような恐怖を、あなたは夢か現実で経験したことがありますか？　あなた自身が暗闇のなかにいるときに、「勇気あれ、むすめよ」というメッセージのこもったこの章は支えとなるでしょうか？　何人かの人はつらかったときにこの章に救われたといいます。

✪『朝びらき丸 東の海へ』から生まれた詩

トウェイン・シリーズ・オブ・イングリッシュ・オーサーズの一冊、『C・S・ルイス』の著者であるジョー・R・クリストファーが、長老派教会で洗礼を受ける女の赤ちゃんを祝福して、次の詩を書いています。

子守歌

さあおやすみ、娘よ、しばらくお眠り――

神秘の儀式が行われる間
あなたの愛の夢想が打ち勝ち
罪深き思いに汚されはしない——
そんな美しい思いを抱いていられる時間のなんと短いことよ!
私たちはやがて、かつてのイブと同じように堕落する。
それでもこのひとときの栄光を通して
私たちはハッピーエンドの物語を知る。

だから夢見なさい、娘よ、ひとときの夢を——
半人半獣の良きセントールの夢を
心清きドリアードとともに
優雅に踊るフォーンを
剣も盾も必要とせぬ騎士を
一本足たちと大きなライオンを
牧場で跳ねる子ヒツジを
そしてまだ血の滴らぬ神秘の槍を

目覚めたとき、娘よ、なぜならあなたは目覚めなければならないから、
そこにはあらゆる世界の歪みがあるけれど、
言葉を持たず泣くしかできないあなたよ、
見てきたものを覚えていなさい
日々立ち現れてくるどんな苦しみよりも
黄金の夢のほうがはるかに現実
だから良き思いたちが集う夢を覚え——
彼岸の世界ではそれらが真実であることを知りなさい。

子どもたちが夢の中で神に祝福されることをあなたは信じますか？　ナルニア国物語の黄金の夢のほうが、神の永遠のまなざしから見れば私たちの人生の苦しみよりも現実であること、やがて私たちが「彼岸の世界ではそれらが真実であることを知る」のを信じますか？

✪『朝びらき丸 東の海へ』にもとづいた祈り

東のいやはての主よ、あなたは私たち一人ひとりが人生というこの旅のどの地点に

いるかをご存じです。
どうか私たちを死水島の呪いとくらやみ島の夢からお守りください。
激しい嵐にも退屈な凪ぎにも耐えぬく勇気をお与えください。
私たちの世界からあなたの国へと至る方法を絶えず教えてください。
そしてここであなたをもっとよく知ることができるよう、助けてください。

KIRK

銀のいす

✪闇から光へ――『銀のいす』のテーマ

どんよりした薄暗がりか暗闇から光への移動が、『銀のいす』では繰り返し起こります。この本では、聖書の比喩《ひゆ》のように、愛と光と真実が同義なのです。『銀のいす』では生命をおかそうとする悪の力が、どんよりした秋の日、真っ黒な鎧《よろい》と馬、暗い地下、あわいあかり、眠けをさそうようなぼんやりしたほのあかり、真の闇声、べっとりと黒い闇などのイメージで表現されています（ルイスが、闇の世界の住人すべてを悪として描いていないことは覚えておいてください。白フクロウの白ばねも地下人たちも善良なのです。また、ルイスは黒という色にも偏見《へんけん》を持ってはいません。自分のことを黒髪だと説明しています）。

神の善の力はまず夕日で、そして銀と金にきらめくさまざまなもので表されます。さらには冬の日ざし、銀のくさりかたびら、朝日、天上の明るい空、日のさす土地が出てきます。また、アスランの血の滴《しずく》で昔の友達が死からよみがえる場所に子どもたちがやってきたとき、「いきなりふたりは、真夏の日のふりそそぐ、かがやくばかりに明るい」ところに立っていました。

『銀のいす』は一冊すべてが、「ヨハネの第一の手紙」第一章七節、第二章三節を描いたものともいえるでしょう。「神が光の中にいますように、わたしたちも光の中を歩くならば、わたしたちは互いに交わりをもち、そして御子イエスの血が、すべての罪からわたしたちをきよめるのである。（中略）もし、わたしたちが彼の戒《いまし》めを守るならば、それによって彼を知っていることを悟《さと》るのである」

『銀のいす』は神に従うことを学ぶ物語なのです。たとえ、神に与えられた使命を果たすために、暗闇の中に身を投じることになっても。

❂『銀のいす』を時間と場所で整理すると

光陰矢のごとし

『銀のいす』の舞台となった時代はおそらく、ナルニア時間の二三五六年、イギリス時間で一九四二年です（『朝びらき丸 東の海へ』は二三〇六～〇七年の物語）。航海王カスピアンは二三一〇年に二十歳でラマンドゥの娘と結婚します。リリアン王子は父の航海王カスピアンが三十五歳の年、二三二五年に生まれました。カスピアンは五十五歳のとき、妻と当時二十歳になっていた息子のリリアンを失います。

『銀のいす』では、リリアンは三十一歳の青年、カスピアンは六十六歳の老人になっています。ユースチスは最後に、カスピアンと別れてから七十年経っていると計算しましたが、実際には五十年しか過ぎていないはずです。これは、ユースチスの思い違いでしょうか、それとも作者ルイスの間違い？　いずれにしても目をつぶってあげましょう。

✪『銀のいす』の舞台となった場所

本書の地図でシュリブル川を探し、物語を頭に思い浮かべながら、彼らが旅した道すじをたどってみましょう。

ナルニアの中のロンドン

『銀のいす』にはイギリスでもっとも有名な名所のうち、三つの名が出てきます。ストーンヘンジ、セント・ポール寺院、トラファルガー広場です。セント・ポール寺院とトラファルガー広場はロンドンにあり、『銀のいす』を読んだファンも多く訪れています。ルイスは、巨人橋がセント・ポール寺院の丸屋根のように高くそびえ立っていると書いていますが、だとすると相当な高さのはずです。セント・ポール寺院（一七〇〇年前後に建立《こんりゅう》）は世界最大級の丸屋根を誇ります。ロンドンの中心部にあるトラファルガー広場は噴水がいくつもあり、人と鳩でにぎわう広大な広場です。ジルが初めてアスランを見たとき、アスランはトラファルガー広場のライオンそっくりの姿で寝そべっていました。ライオンの銅像は四体、ネルソン提督の記念柱の足元に四方向を向いて坐っています〔原作では、アスランをトラファルガー広場にあるライオンの銅像のような格好をしていると描写しているが、日本語版では「よくある銅像のような」と訳されている〕。

ルイスはまだ幼いころ、母親と訪れた初めてのロンドンで、このライオンたちに出会っています。母親は「ジャックはトラファルガー広場に大喜びした」と書き残しています。母親の記録によると、ロンドンでルイスの印象にもっとも残ったのはロンドン動物園のネズミたちだったといいます。こうしてルイスは生涯、ネズミ好きになったのです。

❂『銀のいす』の背景

ルイスは当初、この本に『荒れ地国（The Wild Waste Land）』という題名をつけていました。出版社がそれを気に入らなかったため、ルイスは『ナルニアの地下の夜（Night under Narnia）』、『ナルニアの地霊たち（Gnomes under Narnia）』、『ナルニアの地下の知らせ（News under Narnia）』と思いあぐねて、『銀のいす』に落ちつきました。

『銀のいす』で地霊たちが暮らしている地下の世界の話が気に入った人なら、きっとジョージ・マクドナルドの『王女とゴブリン』も楽しめるでしょう。この物語はC・S・ルイス自身の愛読書でもありました。ルイスが『王女とゴブリン』と続編『王女とカーディー』に出会ったのは二十代になってからですが、この物語はルイスが生まれるずっと以前に書かれています。ルイスが『銀のいす』を書くにあたって、『王女とゴブリン』の影響を受けていたことはまちがいありません。ルイスはキリスト教徒になる直前に、『王女』シリーズを再読しています。この二冊は霊的な意味のこめられた冒険物語の傑作です。ルイスはのちに、「ジョージ・マクドナルドからもっとも多くを学んだし、自分がキリスト教徒になる上で唯一最大の影響を受けた」と書いています。

ルイスは自伝『不意なる歓び』で、キリスト教徒になる前におかしたさまざまな過《あやま》ちについて語っています。「経験についてわたしが好もしく思うのは、それが真っ正直だということだ。人は何度となく間違った曲がり角を曲がるかもしれない。しかし目をしっかり見開いていればあまり遠くまで迷い出ないうちに警告の信号が現れるだろう。人がいかに自己欺瞞《ぎまん》におちいろうとも、経験が人をだまそうと試みることはない。人が公正な態度でテストにかけるとき、宇宙という鐘はどこを衝いても真実の響きをとどろかせるのである」。(『不意なる歓び――C・S・ルイス著作集第一巻』)

人生で間違った曲がり角を曲がってしまったり、不幸が身に降りかかったとき、この『銀のいす』に救われる読者もいます。泥足にがえもんが言いきったように、「偶然なんかじゃありませんさ。あたしらのみちびき手は、アスランです」。このたしかな信頼は、「創世記」第五十章で、(過酷な運命にもてあそばれた数十年ののちに)成功したヨセフがたどりついた、神は良きことをなすために悪を手段とされることもあるという結論と響《ひび》き合《あ》うものです。

✪ 信仰の楯――『銀のいす』での大事な象徴

リリアンが夜見《よみ》の国の女王の魔法にかかってとらわれの身となっていた間は、楯《たて》は黒く、模様もありませんでした。ところが、女王(魔女)が殺されて夜見の国が解放されると、リリアンの楯は銀色に変わり、あざやかに赤いライオンの紋が浮き出るのです――そう、あのライオンです。

聖書では楯は神を信ずる心の象徴です。「エペソ人への手紙」第六章一六節でパウロはこう語ります。「その上に、信仰のたてを手に取りなさい。それをもって、悪しき者の放つ火の矢を消すことができるであろう」

リリアンは生まれ変わった楯を友人たちに見せると同時に、「これは、アスランこそ、われらの主であるしるしです。われらに生きよとおおせあるにせよ、死ねとおおせあるにせよ」と言います。王子は、楯に描かれたアスランの前に一人ひとりひざまずかせ、キスをさせると、危険のただなかにあることを知りつつも、心を揺るがせることなく外に出ていきます。旅の途中、いよいよ暗闇のなかに永久に閉じ込められたかと思われたときも、リリアンは信頼の言葉を繰り返します。「勇気をだそう、友よ。生きるも死ぬも、アスランこそ、われらの主だ」。これこそが、信仰の楯です。

八世紀のアイルランド語から翻訳した次の祈りは、リリアン王子の信ずる心を実にうまく表現しています。

汝《なんじ》は我が理想なり、おお我が心の主よ、
汝をおいてほかはすべて、我にとりて無なり。
汝は我が至高《しこう》の思い、昼も夜も、
目覚めても眠っていても、汝は我が光なり。

汝は我が知恵なり、我が真の言葉なり。
我とこしえに汝とともに、汝我とともにあり、主よ。
汝は我が偉大なる父、我は汝が息子なり。
汝我がうちに住まい、我汝と一つなり。

汝は我が戦の楯、闘いの剣なり。
汝は我が矜持《きょうじ》、我が歓び、
汝は我が魂の隠れ家、我が高き塔なり。
我を天国へ引き上げ給え、おお我が力なる力。

我富を求めず、人の子の虚《むな》しき賛辞を求めず、
汝は我が遺産、今も、そしてとこしえに。
我が心の一の座にましますのは、汝ただひとりなり。
天国の至高の王、汝こそ我が宝なり。

天国の至高の王よ、勝利ののち
我を天国の歓びに届かせ給え、おお輝かしき天国の太陽！
我が心の心、何が起ころうとも
変わらず我が理想、おおすべての支配者よ。

✿『銀のいす』裏ばなし

形態学＝形の研究

『銀のいす』では、姿や形が大きな意味を持ちます。生物学の世界で「形態学《けいたいがく》」とは動植物の形や構造の研究をいいます。ルイスは『銀のいす』で、巨人や地霊からありとあらゆるグロテスクな姿をした地下人まで、生物の形態の例を生き生きと描き出しているのです。

「外胚葉性体型《がいはいようせい》」とは背の高いやせた人のことで、泥足にがえもんは外胚葉性体型の極端な例です。「内胚葉性体型《ないはいようせい》」は丸々と太った人をさし、トランプキンは極端な内胚葉性体型といえます。『銀のいす』には、緑の衣の女がおぞましい姿に変身するさまと、カスピアン王が若々しく変身するさまとの対比もされています。

「地形学」とは地形の性質、起源、発達の研究をいいます。『銀のいす』には地下の洞窟《どうくつ》や地震など、ドラマチックな地形学の例が描かれています。

タナトロジー＝死の研究

『銀のいす』では死も強調されています。例えば、子どもたちがカスピアン王の死を知る前に、葬式という言葉を会話のはずみで二度も聞いています。泥足にがえもんは、地下で動きがとれなくなっても一つだけいいことがある、それはお墓へ埋めてもらう世話がないことだ、と言います。ジルは泥足にがえもんに、お葬式みたいにめそめそしてるくせに、ほんとはうれしくてしかたがないんでしょと言い、泥足にがえもんがジルに最後に言いかけた言葉は「そのお葬式といえばですね」でした。楽しい場面のわずか数ページ後に、カスピアン王の死という悲しみが影を落としているのです。王の帰還を告げるラッパの荘重《そうちょう》で華々《はなばな》しい音楽は一転して、泣くような弦《げん》の響《ひび》きと、やるせない角笛《つのぶえ》の音色《ねいろ》に変わり、聴く者の胸をさくのです。

この弔《とむら》いの音楽はアスランの山の上でもはっきりと聞こえ、アスランその人もカスピアン王のなきがらを前に涙を流します。アスランの血のおかげで、カスピアンはよみがえり、さらには若返ります。これは、イエスが友人ラザロの死に涙を流したあとで、彼を墓から呼び出し、よみがえらせたエピソードを思い出させます。ルイスは死後の生を信じていましたが、そんなルイスでも、愛する者と死に別れたときには痛切に悲しんだことでしょう。人はおそらく実際に泣くよりもっと泣く必要があるのだと、ルイスは言っています。

認識論＝認知の研究

「認識論」とは、私たちが知っていることをいかにして知るかを研究する学問で、哲学から分岐《ぶんき》した三つの学問の一つです（ルイスは若いころ、哲学の教授でした）。緑の魔女が、子どもたちの知っている地上の国は想像だと言い、「論証」して子どもたちに自分の言い分を信じ込ませかける場面は、ドラマ仕立てに描かれた認識論そのものです（哲学教授のロバート・ハードは、魔女の認識論は「フォイエルバッハ、ニーチェ、マルクス、フロイトにも匹敵《ひってき》する」と言っています）。

ロバート・ハード教授は、魔女の論理について二つの考察をしています。

——一つめは、思考の筋道が非常にしっかりしているため、ある意味、「人を惑《まど》わす魔力」を持っている。しかし実際には何も証明できていない。魔女はアスランが存在しないことを証明したふりをしているが、実は彼女の論拠《ろんきょ》はアスランもアスランの世界も存在しないという推定にあるのだ。

——二つめは、魔女はまた、子どもたちが願望から地上の国を現実だと信じ込むようになったのだというふりをしている。その主張は嘘だということが物語のなかで明かされるが、論理的にも正しくない。泥足にがえもんが最後に語る現実的な答えが、論争を現実に即した立脚点に移す。

信じる者の心の状態を憶測《おくそく》したり非難しても、信じる対象そのものが存在しないことの証明にはなりません。そのような憶測は、本当の現実について何も語りはしないのです。ルイスは、口先だけの理屈に惑《まど》わされるなと、私たちに警告しているのです。

『銀のいす』と聖書

『銀のいす』はナルニア国シリーズで、さりげなく聖書を登場させている三冊めにあたります。『ライオンと魔女』の最初のほうで、ルイスは老教授の屋敷の本のなかには教会にある聖書よりも大きいものがある、と書いています。『朝びらき丸 東の海へ』の魔法つかいの図書室で、ルーシィはどこの教会の聖書よりも大きい本があるのを見ます。そして『銀のいす』では、新教育実験学校と呼ばれる悪質な学校では聖書をまったく読ませないので、アダムとイブのことなど誰も聞いたことがないと語られるのです。

さらに、『銀のいす』は、特に聖書の一節、「イザヤ書」第五七章一三～一六節の影響を強く受けているようです。「わたしに寄り頼む者は地を継ぎ、わが聖なる山をまもる。主は言われる、『土を盛り、土を盛って道を備えよ、わが民の道から、つまずく物を取り去れ』と。いと高く、いと上なる者、とこしえに住む者、その名を聖ととなえられる者がこう言われる、『わたしは高く、聖なる所に住み、また心砕けて、へりくだる者と共に住み、へりくだる者の霊をいかし、砕けたる者の心をいかす。わたしはかぎりなく争わない、また絶えず怒らない。(後略)』」

このくだりは、アスランが反省しているジルに「わたしはいつもしかるわけじゃない」と言って、高く聖なる山の上に連れていく場面に、容易に重ね合わせることができます。

✪『銀のいす』からこのひとこと

この世界でも、いちばん子どもじみた子どもこそもっともしようのない子どもで、いちばんおとなじみたおとながもっともくだらないおとなであることは、同じです。

子どもにも望ましい大人の性質は何でしょう。そして、大人になってからも持っていたい子どもらしさは？　あなたは、いい意味での子どもらしさを大人になってからも失わずにいるでしょうか。大人になってから、好奇心、率直さ、物事を楽しむ心、感動、温かみ、茶目っ気、感性を育てるのは遅過ぎるでしょうか。

『銀のいす』グルメ

『銀のいす』の最初のほうで、子どもたちはすばらしいごちそうをふるまわれます。物語の後半ではあやうく、自分たちがごちそうになるところでした。ちなみに、このとき二人と運命をともにしかけた筋ばって泥くさい旅の道連れは、ウナギ料理の名人です。

『銀のいす』の読者がいちばん手軽におやつにできるのは、ユースチスがジルにあげたような、ハッカ入りのあめでしょう。

小人たちの真夜中の宴会に出たごちそうは、ソーセージ、やきいも、ホットチョコレートにやきりんご。電子レンジがあれば、リンゴを丸ごと使ったやきりんごは手早く簡単にできます。芯をくりぬいたなかに、ブラウンシュガー、バター、シナモン、レーズン少々を入れ、オーブン皿にリンゴを置いて、リンゴ一個につき約三分加熱します。その後、余熱で五分おきましょう。

『銀のいす』クイズ

Q1 ユースチス・スクラブとジル・ポールがアスランの国に行った方法は?

（a）船の絵
（b）学校の塀のドア
（c）鉄道の駅

Q2　アスランがジルに教えた最初のしるべは？
（a）ユースチスはナルニアについたらすぐに、昔なじみの親友に挨拶しなければならない
（b）ジルは小川から水を飲まなければならない
（c）ユースチスはジルが落ちないよう、助けなければならない

Q3　子どもたちがすぐに会わなかったのは誰？
（a）耳の遠い小人の老人トランプキン
（b）大きな白フクロウの白ばね
（c）息子を失った老王カスピアン

Q4　子どもたちの道案内をし、力を貸したのは誰？
（a）れっきびとの沼足どろえもん

（b）沼足のにがびとどろえもん
（c）沼人の泥足にがえもん

Q5　アスランの第二のしるべは？
（a）北方に旅して、むかしの巨人族の都のあとに行く
（b）北方に旅して、巨人の城に行く
（c）美しい貴婦人を探しに行く

Q6　アスランの第三のしるべは？
（a）石の上の文字の告げることに従う
（b）料理の本に書いてある通りにする
（c）お祭りに出る

Q7　ハルファンの城でアスランが見せたメッセージは？
（a）気ヲ　ツケヨ
（b）知ラナイ　フリヲ　セヨ
（c）ミヨワガ　下ニ

Q8 ぶつくさがたろうとは誰？
（a）地下の国の地下人
（b）夜見の国の女王
（c）地上人の見まわり役

Q9 アスランの第四のしるべは？
（a）行方不明の王子は黒い服を着ているだろう
（b）行方不明の王子は正気を失っているかもしれない
（c）行方不明の王子はアスランの名にかけて頼みごとをするだろう

Q10 次のうち、間違っているのは？
（a）ジルは大雪踊りのまっただなかに出た
（b）カスピアン王は若さと元気を取り戻した
（c）リリアン王子はナルニアの王になった
（d）ジルとユースチスは、ナルニアに行ったときと同じように、二人だけで学校に戻った

クイズの答え

Q1＝(b)　Q2＝(a)　Q3＝(c)　Q4＝(c)　Q5＝(a)
Q6＝(a)　Q7＝(c)　Q8＝(a)　Q9＝(c)　Q10＝(d)

『銀のいす』あなたはどう思う？

＊高い所（ユースチス）、暗い地下（ジル）、開けた空間（ゴルグ）、虫（ルーシィとC・S・ルイス）のように、自分ではどうしようもなく怖いというものがあなたにはありますか？　他の人の恐怖症に思いやりが持てますか、それともいらだちますか？

＊「わたしがあんたがたに呼びかけておったのでなかったら、あんたがたがわたしに呼びかけることはなかっただろう」というアスランの言葉をどう思いますか？　キリストの存在や愛を自分では意識していないときでも、キリストの愛に影響されることがあると思いますか？　ルイスはそのつもりがなかったのに髪を切りに行き、床屋がルイスに会う必要があって来てくれるようにと祈っていたのを知った、という経験をしています。あなたは神に動かされていると感じることはありますか？

＊あなたは、楽しいことを期待して行った先で試練にあうのは、最初から覚悟していた場合よりもつらいと思いますか？

＊ある種の魔法（人生についての錯覚《さっかく》）を解くのに、痛みのショックにまさるものはないという意見をどう思いますか？　楽で平和でゆたかな生活に危険はひそんでいるでしょうか？

＊ペシミストの泥足にがえもんは人格を磨くチャンスだから、と試練の旅を歓迎します。彼は自分が軽はずみで調子がよすぎると思い込んでいるのです。チャールズ・ディケンズの小説を愛読していたC・S・ルイスは、ここでディケンズの喜劇小説『マーティン・チャズルウィット』の陽気な登場人物、マーク・タプレーのパロディを書いているに違いありません。誰が見ても明るい性格のマーク・タプレーは、暗くなりがちな（と自分では思い込んでいる）性格を直すため、泥足にがえもんのように試練を歓迎するのです。ルイスはできるだけ明るい気持ちを持つことは私たちの務《つと》めだと読者に真面目にアドバイスしています。ナルニア国物語はどんな形で読者に絶望するなと勇気づけてくれているでしょうか？

＊男の子でも女の子でも、都も王国もすべて飲みつくした、と言ったアスランの言葉の意味は何だと思いますか？　他に川はないのだから、自分に近づかなければ喉がかわいて死ぬぞというアスランの言葉の意味は何でしょうか？

＊神が夢の中で重要なメッセージを告げるということをあなたは信じますか？　それはなぜ？　かつて神がそうされたことがあるとしたら、今もそうなさると思いますか？

＊ルイスが考えていたように、悪の力（北方の魔女）は時を変え、形を変えて私たちの前に現れ、私たちを惑わすと思いますか？　あなたはだまされやすいですか？

＊次の言葉はキリスト教信仰へのよくある攻撃です。「あなたには父親がいるから、もっと偉大で良い父親を想像してそれを神と呼んでいるのだろう。そんなのは作り話だ。神などいないし、霊の世界の現実も、天国も地獄もありはしない。子どもじみた夢など捨ててしまいなさい」。このつい惑わされそうになる理屈に、あなたはひるみますか？

✪『銀のいす』から生まれた詩

ルイスは、次に出版を予定していた本への読者の期待をそそろうとしました（『馬と少年』は四冊めに書かれ、ナルニア国の年代順では三番めの物語にあたりますが、出版の順でいえば五冊め）。『銀のいす』の初めのほうで、子どもたちがケア・パラベルの盛大な宴でもてなされたあと、「ひとりの盲目の詩人が進みでて、コル王子とアラビスと馬のブレーにまつわるむかしの長い物語を語りはじめました。この話は『馬と少年』という題のもので、このケア・パラベルに一の王ピーターがのぞんでいた黄金時代にあたり、ナルニアとカロールメンと、そのあいだの国々でおこった一つの冒険をのべたものなのです（詩人の語りごとは、それだけで耳をかたむける値うちのあるものですが、いまはそれにふれているよゆうがありません）。」その後、地下の国を脱出するための危険な旅に出たとき、リリアン王子は口笛を吹いたり「アーケン国の英雄、鉄拳コーリンのいさおしをうたった古い歌」を口ずさんでいました。

これは、誰かに『馬と少年』を詩にしたり、鉄拳コーリンの歌を書いてごらんというルイスの誘いのようでもあります。次の詩はその呼びかけに応えたものではありませんが、『銀のいす』で物語の鍵となったいくつかの変化を詩にしたものです。

銀のいす

深みから高みへ
失った悲しみから歓びへ。

嘘からまことへ
縛られた手足を、行動へ。

疑いから信じる気持ちへ
責め苦から解放へ。

過ちから真実へ
死から若さあふれる生へ。

誘惑から正気へ
後悔から悟りへ。

地底から太陽のもとへ。
滅びから歓びへ。

悪から善へ。
闇から光へ。

『銀のいす』にもとづいた祈り

本物の太陽の主よ、
私のしるべを思い出させてください。
数多きハルファンの城から
この世界へと導いてください。
狂気と正気を見分けるすべを教えてください。
たとえ苦痛を伴っても、
惑わしを打ち砕く勇気をお与えください。
そして最後には、生命がよみがえる
あなたの聖なる山の上にたどりつけますように。

ANDREW KETTERLY

馬と少年

✪ 隷属《れいぞく》から自由へ――『馬と少年』のテーマ

『馬と少年』の物語はこき使われ、しいたげられることしか知らない主人公の話で幕を開けます。主人公はまるで奴隷《どれい》のような扱いを受けています。物語のテーマは「自由への逃走」です。そして、自由めざして逃げようとするのは主人公ひとりではないのです。

この物語で大切に語られる自由とは、無責任な自由のことではありません。成熟《せいじゅく》、奉仕、歓《よろこ》びをともなった自由なのです。高い倫理基準と愛と責任でみずからを律《りっ》していなければ、気まぐれ、野心、強欲《ごうよく》、肉欲、社会的圧力などに支配されることになってしまいます。高い志《こころざし》と自制心をともなわない自由は、実は姿を変えた足枷《あしかせ》にすぎません。

成熟と奉仕と歓びに向かって逃げるとき、人は本当の自分を手に入れます。シャスタにとって本当の自分とは、特に欲しいとも思っていなかった王の位でした。ブレーの場合はふつうの馬になることでした。だからシャスタは低い自尊心から解放され、ブレーはうぬぼれから解放されたことになるのです。

世の中にはさまざまな隷属《れいぞく》があり、さまざまな自由があります。心の隷属は体の隷属よりもみじめですし、心の自由は体の自由よりもいっそうすばらしいものです。

『馬と少年』のもう一つの大事なテーマは「社会階級」です。王子と乞食のテーマは永久にすたれることのないテーマでしょう。王の中の王とは徳にすぐれた王である、そう教えてくれる物語が人びとは好きだからです。ルイスは傲慢《ごうまん》さと謙虚《けんきょ》さ、政治的策略と真のリーダーシップ、権力にまつわる装飾品と権力の使命をたびたび対比してみせるのです。

❂『馬と少年』を時間と場所で整理すると

ルイスの死後に見つかったとされる年表によると、『馬と少年』の物語はイギリスの時間で一九四〇年、ナルニアの時間で一〇一四年のできごとです。ペベンシー家の四人きょうだいがナルニアの王と女王になってから十四年が経っています（一〇一五年に四人は白ジカ狩りに出かけ、彼らの統治は終わります）。スーザンがケア・パラベルにリンゴの果樹園を作ったばかりという話をしていますが、このことを『カスピアン王子のつのぶえ』では、ナルニア時間にしておよそ千三百年後にピーターが思い出しています。

年表によれば、一八〇年にナルニアのコール王子〔Prince《プリンス》 Col《コール》,『馬と少年』の主人公コル王子 Prince《プリンス》 Cor《コル》 とは別人〕が従者を率いて南に下り、アーケン国を建国します。二〇四年にアーケン国の無法者《むほうもの》たちが南方に逃げてカロールメンを建国し、これがやがて帝国となります。四〇七年にアーケン国のオルビンが、巨人二つ根を退治します。一〇一四年にカロールメンのラバダシ王子がアーケン国を襲撃《しゅうげき》して敗北。一〇五〇年に名君ラム王が、父王コルの後を継いでアーケン国の王となります。

✪『馬と少年』裏ばなし

1 アスランが本物のライオンだったように、キリストは生身の人間だったと思いますか？　「ヨハネによる福音書」の第二〇章を読んでみてください。トマスはブレーを思わせませんか？

2 旧約聖書の登場人物で、自分の乗っていた物言うけものよりも愚かなのは誰？（「民数記」第二二章のバラムのろばの話を読んでみてください）

3 ラサラリーンが衣装に夢中になっていることと、ナルニア人とアーケン国人が美しい衣装に関心を払うことの違いは何でしょう？　服のスタイルよりも理由と人物の性格を考えてみてください。

④ 策略と、それに対抗する策略が『馬と少年』にはいくつ出てくるでしょう？ カロールメンの最高位に就く三人の恥ずべき秘密の会談（ティスロックが自分の息子を裏切るのです）が、アラビスが向かおうとしていた水門のすぐそばで行われていたことに気づきましたか？ 出版から二十年足らずのちに水門《ウォーターゲート》という言葉がアメリカ大統領の政治スキャンダルと同義語になるとわかっていたら、ルイスはこの物語から水門のくだりを削っていたでしょうか。

⑤ C・S・ルイスの没後にルイスの名前で出版された作品のいくつか（ナルニア国物語の未完原稿も二つあります）が、実は贋作《がんさく》であるとする証拠をめぐって大論争が起きています。ルイスが『馬と少年』の中で筆者を偽った書き物を書いていることに気づきましたか？ （アラビスがアホーシタからと偽って父親に出した手紙です）

⑥ エドマンドがラバダシについて「裏切り者とて改心することがある。わたしはそういう者を知っています」と言ったとき、考えこむようすになったのはなぜでしょう？

✿『馬と少年』の背景

一九四五年から一九四八年にかけて、C・S・ルイスはオックスフォードでM・A・マンザラウイという中近東出身の学生を教えることになりました。十八世紀にアラビア語から英語に翻訳された文学についての彼の論文を指導したのです。ルイスは『アラビアン・ナイト』を読みなおしてこの仕事に備えたにちがいないとマンザラウイ氏は言います。ほどなくして、こうしてなじみを得た『アラビアン・ナイト』を参考に、ルイスが『馬と少年』を書いたのは疑いのないところでしょう。

ルイスは一九五〇年に『朝びらき丸 東の海へ』、『馬と少年』、『銀のいす』を書いていますが、出版社は三冊の順番を変え、間《ま》をあけて出版しました。『朝びらき丸 東の海へ』は一九五二年、『銀のいす』は一九五三年に出版され、『馬と少年』は一九五四年にようやく世に出ました。そのため、『馬と少年』は出版の順序でいえば五冊めなのですが、実際に書かれたのは四冊めであり、ナルニアの歴史上は三番めに位置する物語です。

『馬と少年』はこの題名に決まるまでに七つの題名を変遷《へんせん》しました。最初、ルイスはこの作品を『シャスタと北（Shasta and the North）』と呼んでいました。その後、ルイスは『馬と少年（The Horse and the Boy）』とつけなおし、さらに『ナルニアへの砂漠の道（The Desert Road to Narnia)』、『アーケン国のコル（Cor of Archenland)』、『馬に盗まれた少年（The Horse Stole the Boy)』、『国境を越えて（Over the Border)』、『馬のブレー（The Horse Bree)』と変えていきます。最終的に出版社の判断で『馬と少年』の題名におさまったのです。

この作品が、デイヴィッド・グレシャムとダグラス・グレシャムに捧《ささ》げられていることに気づく読者は少ないのではないでしょうか。この二人の少年に本の献辞《けんじ》よりもはるかに多くのものを与えることになるとは、C・S・ルイスは夢にも思っていませんでした。二人は、ジョイ・デイヴィッドマン・グレシャムというアメリカ人女性の息子です。ジョイはルイスのそばで暮らすためにイギリスに移り住みました。ルイスの作品、手紙、友情は、彼女にとってそれほどかけがえのないものだったのです。

ジョイは一九五七年にルイスと結婚し、一九六〇年にガンで亡くなります。一九六三年にルイスも世を去りました。当時十代だったジョイの息子たちはイギリスの寄宿《きしゅく》学校にいましたが、ルイスは亡くなるとき、ジョイとの約束を守って自分の作品の所有権を彼らに遺《のこ》します。つまり、二人はルイスの全作品の印税《いんぜい》を受け取るか、作品の所有権を投資家に売却することができたのです。二人は後者を選びました。

ダグラスはその後オーストラリアで牧場経営やラジオアナウンサーをして人生を送り、ハリウッド映画『永遠の愛に生きて』でルイスの結婚生活が有名になったころには、アイルランドに移住していました。デイヴィッドはフランス、イスラエル、カリフォルニアを転々としたと聞いています。映画『永遠の愛に生きて』の公開時にはインドにいました。

シャスタとコーリンとは違い、デイヴィッドとダグラスはすっかり疎遠《そえん》になってしまったようです。

❂ 生命の水――『馬と少年』での大事な象徴

「生命の水の泉（Springs of Living Water）」という有名な讃美歌《さんびか》があります。

シャスタがついにアスランに会ったとき（「これほど恐ろしいもの、しかも美しいものは、ほかにないでしょう」）、シャスタはアスランの前にひれふします。アスランはたてがみと気高い香りでシャスタを包み、舌でシャスタの額《ひたい》に触れ、シャスタと目を合わせます。すると、燃えるような輝きが渦を巻き、アスランは消えます。しかし、アスランはあとにしるしを残していました。

シャスタの目の前の草のなかにとてつもなく深い（アスランの力強さをしのばせる）前足の足跡があり、その足跡からたちまち水が湧いてあふれ、丘のふもとへと流れ出しました。その澄んだ水をシャスタは飲み、頭にも水をかけます。まるで洗礼式のように。シャスタにとっては、いろいろな意味で新しい一日の始まりだったのです。シャスタがアスランと新しい関係を結んだことは、「イザヤ書」第五八章八〜一一節(標準改訂訳聖書)に書かれたメッセージに通じるところがあります。

そうすれば、あなたの光が暁のようにあらわれ出て、
あなたは、すみやかにいやされ、
あなたの義はあなたの前に行き、
主の栄光はあなたのしんがりとなる。
また、あなたが呼ぶとき、主は答えられ、
あなたが叫ぶとき、
『わたしはここにおる』と言われる。
もし、あなたの中からくびきを除き、
指をさすこと、悪い事を語ることを除き、
飢えた者にあなたのパンを施し、
苦しむ者の願いを満ち足らせるならば、
あなたの光は暗きに輝き、
あなたのやみは真昼のようになる。

主は常にあなたを導き、
良き物をもってあなたの願いを満ち足らせ、
あなたの骨を強くされる。
あなたは潤った園のように、
水の絶えない泉のようになる。

〔「イザヤ書」第五八章八～一一節〕

霊的な出会いの場に新しい泉が湧き出るというのは、古来からある思想です。「ヨハネによる福音書」第四章一四節では、イエスが井戸のそばにいた女に次のように語りかけます。「わたしが与える水を飲む者は、いつまでも、かわくことがないばかりか、わたしが与える水は、その人のうちで泉となり、永遠の命に至る水が、わきあがるであろう」

さらに、イエスはエルサレムの仮庵の祭でもっとも大事な水の儀式で立ちあがり、群衆に叫びます。「だれでもかわく者は、わたしのところにきて飲むがよい。わたしを信じる者は、聖書に書いてあるとおり、その腹から生ける水が川となって流れ出るであろう」

ヨハネはこの言葉をこう説明しています。「これは、イエスを信じる人々が受けようとしている御霊をさして言われたのである。すなわち、イエスはまだ栄光を受けておられなかったので、御霊がまだ下っていなかったのである」〔「ヨハネによる福音書」第七章三七～三九節〕

奇跡の泉は、キリストの生命の象徴なのです。

『馬と少年』と聖書

旧約聖書の預言者ゼカリヤの書は紀元前五二〇年に書かれたとされ、エルサレムの人びとに神殿の再建を呼びかけたものです。ゼカリヤは、当時ユダ族を支配していたペルシャの王ダリウスについて語ります。多くのクリスチャンの間で「ゼカリヤ書」の第九章九節は、五〇〇年後にキリストがロバに乗ってエルサレムの都に入ることを予言するものとして、ことさらに愛されています。

「ゼカリヤ書」を読んでみると『馬と少年』を思わせるところが多く、驚かされます。『馬と少年』を書くにあたって、C・S・ルイスが「ゼカリヤ書」を意識していたかどうかはわかりませんが、「出エジプト記」と「列王紀（上）」を念頭に置いていたことはまちがいありません。シャスタが姿の見えない声の主に「あなたは、いったいどなたです？」とたずねると、その声は「わたしだ」と三度答えます。一度目は地面が震えるほど深い声で、二度目は澄んだ明るい大声で、三度目はほとんど聞き取れないほどやわらかい声で。「出エジプト記」第三章一四節で神はモーセに「わたしは、わたしだ」と答えています。「列王紀（上）」第一九章一一～一二節では、神はエリヤの前で風となり、地震となり、火となり、最後に静かな細い声で語りかけているのです。

ジャッカル――『馬と少年』のこの言葉に注目

ジャッカルはアジアとアフリカに生息する野生の犬で、夜になると群れで狩りをします。かつてはライオンのために獲物を狩ると信じられていました。この言い伝えが、ジャッカルがやってきた墓地にライオンが現れるというドラマチックな場面をいっそう盛り上げています。

ジャッカルという言葉を人間に使うと、他人の利益のために汚れ仕事をする人、という意味になります（ジャッカルがライオンのために獲物を殺すことから）。のちにナルニアで起こる物語、『銀のいす』にそんな「ジャッカル」が登場します。彼女の名はイーディス・ジャクル。イギリス人の二人の子どもを学校の冷酷ないじめっ子グループに引き渡そうとして追いかけ、結果的に二人をナルニアに送り出すことになるのです。

❂『馬と少年』での名前に隠された意味

ルイスは何らかの意味や連想のまつわる名前を作品のなかでよく使います。それが物語に含みを持たせていることもあります。

アラビス Aravis

この名前はヒクソスの首都アバリス Avaris を変形させたもののようです。ヒクソスは紀元前一六〇〇年にエジプトを支配していた、トルコ周辺のセム族の遊牧民。エジプトに馬に引かせた戦車をもたらしたのはヒクソスです。

アーケン国 Archenland

「アーケン Archen」はギリシャ語に由来し、支配者の国または古代の国を意味します。いずれの場合も archangel（大天使の意、アーケンジェル）と同じく「ch」は「k」と発音します。

アスラン Aslan

トルコ語でライオンを意味します。アスランという苗字《みょうじ》は大都市の電話帳にはよく載っています。近年有名な「アスランさん」は二人います。一人は内分泌腺《ないぶんぴつせん》の権威として名を知られるルーマニアのアナ・アスラン博士（博士によれば内分泌腺には笑いが良いのだとか）。

もう一人はカリフォルニア州キングズバーグ在住のハリー・J・アスラン氏で、一九七六年から一九七七年度のライオンズクラブ（国際的奉仕団体）の会長を務めました。アスラン氏はその名に、偶然にも三つの意味が重なっていることを私から聞くと、おおいに面白がってくれました（一九五六年に私は直接ルイスに Aslan《アスラン》 の発音をたずねましたが、答えてもらえませんでした。その人の好きに発音すればよろしいとのことでした。しかし、一九五二年の手紙では同じ質問に次のように答えています。「私自身は『アスラン』と発音しています。そしてもちろん『ユダ族の獅子《しし》』のことを言っているのです」。またこのトルコ語を『アラビアン・ナイト』についての資料を読んでいて見つけたのだとも言っています。

カロールメン Calormen

「Calor《カロール》」はラテン語で「熱」を、「men《メン》」はおそらく「menace《メナース》（脅威）」と「men《メン》（人びと）」の両方をさすのでしょう。カロールメンは中近東の古代帝国、特にペルシャ帝国とトルコ帝国を思い出させます。

コル Cor

この短い名前には意味が二つあり、どちらもその名の主にふさわしいものです。一つはイギリスの角笛《つのぶえ》（コルはカロールメン、アーケン国、ナルニアそれぞれの角笛の異なる響きに反応している）。二つ目は心。

リューン Lune

タカ狩りでタカを結わえつけておくひも。

ナルニア Narnia

ルイスの描くナルニアは中世のイギリスに似ていますが、ナルニアという地名は実在します。かつてローマから北に三十キロほど離れた丘の上に、ナルニアという集落がありました。紀元前三〇三年ないし三〇二年にローマ人により、近くを流れるナルニア川にちなんでつけられた名です。この史実は、E・T・サルモンの『共和政下のローマの植民地化』に紹介されています。

ラバダシ Rabadash

この名前は rabid《ラビッド》（狂暴な）、balderdash《バルダーダッシュ》（でたらめ）、bad《バッド》（悪い）、dash《ダッシュ》（急襲）などの言葉を連想させます。

タシ Tash

中央アジアのウズベクの言葉で、タシ tash は石を意味します。

タシバーン Tashbaan

タシバーンは中央アジア最大にしてもっとも歴史の古い都市の一つ、タシケントによく似ています。タシケントは広大な砂漠の真ん中を流れるチルチク川のほとりの果樹ゆたかなオアシスに築かれました。この古都はアラブ人、トルコ人、モンゴル人、そしてソビエト連邦の支配下で数世紀を生き延び、ルイスが『馬と少年』を書いたときには、約百万人のイスラム教徒や共産党員のウズベク人とロシア人が暮らしていました。一九九一年のソ連邦崩壊《ほうかい》の前まではロシア語の統一教育が強制されていたため、識字率《しきじりつ》は非常に高いものでした。『馬と少年』が書かれてから四十年後、タシケントにもようやく少数のキリスト教徒がひっそりと活動するようになり、ナルニア国物語がロシア語の翻訳で買えることを聞いたら、ルイスは驚き喜んだにちがいありません。

ティスロック Tisroc

ロック roc はアラビア神話に出てくる、とてつもなく大きくて強い架空《かくう》の鳥。ティスロックと呼ばれるカロールメンの支配者は、タシの神の血筋を引くとされています。『さいごの戦い』ではそのタシ自身が登場しますが、巨大な鳥に似た生き物として描かれています。

『馬と少年』からこのひとこと

次に引用する言葉は重要なものにちがいありません。アスランはほとんど同じことを、別々の場面でシャスタとアラビスに言っています。

「わが子よ、」とライオンがいいました。「わたしはあんたの話をしているのだ。あのむすめの話ではない。わたしはだれにでも、そのひと自身の話しかしないのだよ。」

自分の人生に神がどのように手を下されるかを知れば人は成長できる、ただし他の人の人生に神が何をなさるかにゆきすぎた好奇心を抱くべきではない、ということにあなたはうなずけるでしょうか。ヨハネの未来をたずねたペテロにイエスが言われたことを覚えていますか。「あなたにはなんの係わりがあるか。あなたは、わたしに従ってきなさい」〔「ヨハネによる福音書」第二一章二二節〕

✪『馬と少年』グルメ

『馬と少年』に出てくる最初の食べ物はソーセージ〔原書ではmeat《ミート》 pasty《パティ》、小さな肉入りパイ〕と、生チーズと、干しイチジク──カロールメンの典型的なお弁当です。干しイチジクはお店で見つかれば手軽なおやつです。のちにシャスタはタシバーンで、「熱射病」から回復するようにと冷たいシャーベットを出されます。ここに出てくるシャーベットは甘味をつけた果汁に水と氷を加えたもので、今でいうプレーンなフルーツパンチにあたります。おいしいメロンやオレンジもカロールメンの特産品なので、この物語を読みながらいかが。

『馬と少年』のお供には、おかゆ、ベーコン、卵、キノコ、バターを塗ったトースト、コーヒーと、おいしくて盛りだくさんの小人の朝食がお好みの人もいるかもしれません。でも、健康志向で冒険心のある人には、ヤギの乳を買って飲んでみてほしいものです。仙人の家でアラビスが飲んだのがこれ。ヤギの乳は牛乳よりも人間の体に良いと言われています。

『馬と少年』クイズ

Q1 父親のアルシーシュがシャスタを売ろうとした相手は？
（a）タルキッシュ・アナバプティスト
（b）アラダドル・ティスロック
（c）タルカーン・アンラジン

Q2 シャスタが一緒に逃げたブレーとは何？
（a）ブレーヒー・ヒニイ・ブリニー・フーヒー・ハーハという名の軍馬
（b）干し草の山
（c）ナルニアのロバ

Q3 シャスタとブレーが、フインとアラビスと一緒に旅をすることになったいきさつは？
（a）食糧不足のため
（b）ライオンから逃げようとしたため
（c）飛ぶのが怖かったため

Q4 カロールメンの場所は？
（a）アーケン国とナルニアの南
（b）アーケン国とナルニアの中間
（c）ナルニアの西方（内陸部）

Q5 ティスロックの息子、ラバダシ王子が決意していたのはどんなこと？
（a）シャスタをつかまえること
（b）ラサラリーンと結婚すること
（c）スーザン女王を捕らえて結婚すること

Q6 ナルニア人たちが脱出したのはどこから、そしてその方法は？
（a）タシバーンから、自分たちの船「かがやける鏡の海号」で
（b）アーケン国から、リューン王と戦って
（c）タルススから、自分たちの船「朝びらき丸」で

Q7 南の国境の仙人は？
（a）七十年生きてきて、アスランには会ったことがない

（b）九百一年生きてきて、未来を予言できる
（c）百九年生きていて、運というものには会ったためしがない

Q8 シャスタが嵐が峰を「偶然」越えてしたことは？
（a）ナルニア人にアンバードへの助けを求めた
（b）ツチブタにアホーシタと結婚するようにと伝えた
（c）カラスの黄足のぬしを二つ根山に呼び出した

Q9 赤ん坊だったシャスタをさらったのは誰？
（a）アルシーシュ
（b）バール卿
（c）鉄拳コーリン

Q10 ラバダシが生涯、戦争に行かなかったのはなぜ？
（a）馬になってしまうから
（b）ロバになってしまうから
（c）鼻が長く伸びてしまうから

クイズの答え

❶＝（c）　❷＝（a）　❸＝（b）　❹＝（a）　❺＝（c）
❻＝（a）　❼＝（c）　❽＝（a）　❾＝（b）　❿＝（b）

✪『馬と少年』あなたはどう思う？

＊運がいいのか、悪いのか、そもそも運など存在しないのか

ライオンに長くて浅いかき傷をつけられただけですんだのは運が良かったのだとアラビスが言うと、仙人は自分は運などというものを信じていないと答えます。仙人の言葉は何を意味しているのでしょう。

少し後、悲しみに襲われたシャスタが自分は世界一ふしあわせな人間だと言い、暗闇の中で姿の見えない、ありがたくない道づれに不運を訴えます。

「わたしの考えでは、あんたはふしあわせだとはいえないな」と声は答えます。シャスタはあんなにたくさんのライオンに出会うなんて、運が悪いと思わないかとたずねます。しかし、道づれの正体を知った後は、自分を哀れむ気持ちは吹き飛んでしまい

ました。

あなたが人生で先の見えないつらい試練や悲しみに苦しんだことがあったら、シャスタの身に置き換えて、イエスに不運を訴えている自分を想像してみてください。イエスは「わたしの考えでは、あんたはふしあわせだとはいえないな」とお答えになり、苦難のなかにあるあなたをずっと愛のまなざしで見守ってきたのだと力づけてくださると想像してみましょう（もちろんそれは本物の苦労だったとして）。愛されていると感じていれば、痛みも苦しみも耐えやすくはないでしょうか。

これは「記憶の癒《いや》し」というキリスト教徒の慣習《かんしゅう》によく似ています。つらい過去の経験の間にキリストの愛が静かに働きかけていたのだとまざまざと知ることで、古傷の痛みがやわらぐのです。

✿『馬と少年』をめぐるあれこれ

1 次の詩はイギリスのレスタシャー州に住むイアン・マクマードという人が書いたものです。

アスラン

後ろを振り返るな、人の子よ。
あなたの髪をそよがせるのは
ライオン。片方の前足の毛皮が
あなたの大陸を覆う。

勇気をもって顔をあげよ。彼のゆたかなたてがみには
力がある。
そして後光が、白い光の縁取りが
征服者として彼に冠を戴かせる。

下を見よ。彼の黄色の背が
あなたの足元を支える。
野生にもサーカスにも、これほど地についた
欲求にこたえ、満足の咆哮をあげるけものは他にいない。

この詩の主人公はシャスタでしょうか？　それともあなた、でしょうか。

②　『前足から心の世界へ（Paws for Thought）』はイギリスのバンド「アスラン」の最初にして最後のアルバムです。アルバムのジャケットにはアスランの前足と割れた石舞台が描かれていました。

③　一九七六年の夏、一週間の旅に出た百二十人の高校生たちが着ていたTシャツには「ナルニアへの道」という言葉がプリントされていました。馬に乗ってカロールメンの砂漠を北めざして横断するかわりに、高校生たちは自転車に乗ってカリフォルニアの海岸沿いに南に向かいました。サクラメントの教会が綿密に計画したプロジェクトです。十人ずつ十二のグループが前後十五キロほどに連なるキャラバンをつくり、サンタマリアからアナハイムをめざして自転車をこぎ、疲れきった夜にはナルニア国物語をテーマに話し合いました。ロサンゼルスはさしずめ危険な都タシバーンです。しかし、みな無事に通過し、目的地のディズニーランドに到着するところがテレビで放映されました。ディズニーランドで数日を過ごした後、高校生たちは飛行機で帰宅しましたが、ナルニアの一部を持ち帰ったようです。それは信仰と友情の深まり、リーダーシップ、社会の一員としての自覚でした。

✪『馬と少年』にもとづいた祈り

この地で私たちは異邦人ですが、それを知りません。
真の自分の国へ私たちを追い立て、導いてください。
私たちには道も、本当の理由もわかりません。
まだ礼儀も知らずぼろをまとった私たちなのに、あなたは愛してくださいます。
私たちを無事に父なる王のもとへと連れていってください。

T. KIRK
MIRAZ' CASTLE

魔術師のおい

✪「弱きもの」から「力を持つもの」へ――『魔術師のおい』のテーマ

『魔術師のおい』の登場人物たちは、「弱きもの」から「力を持つもの」へと変貌《へんぼう》をとげる――少なくともそれをめざしています。

強い気持ちを持つ者なら、誰でも、力を持ちたいと願うでしょう。善をなすために力を求める者もいれば、悪を行うために力を追いかける者もいます。反抗して力をつかもうとする者もいれば、信じ従って力を得ようとする者もいるのです。

ディゴリーは良いことのため、母親の命を救うために力を切望《せつぼう》します。まちがった思いでその力を手に入れるという誘惑が、彼と母親を破滅の寸前まで追いつめます。しかし、ディゴリーは最後にそんな思いを断ち、おかげでアスランは、ディゴリーの念願の奇跡を起こすことができました。これは大いなる逆説《ぎゃくせつ》です。力は時として服従のなかにあるのです。

アンドルーおじは超自然的《オカルト》な力、自己中心的な力への欲望と、秘密の知識を手にしているというプライドにとりつかれ、毒されていました。それでも年をとってからは執着心がすっかりなくなり、弱くて愚かですが、前よりは害のない人間として晩年を送ります。

ジェイディスは政治的な力への執着《しゅうちゃく》にとりつかれ、毒されていました。彼女は天国に行くよりも、地獄で支配することを望むタイプの人物です。ジェイディスは神を超える力が持てないことに我慢ができませんでした。彼女の最終破壊兵器、「ほろびのことば」は、この種の力がいずれ向かわずにはおかないものです。「支配するか、さもなくば破壊する」は、内面の弱さから出る決まり文句なのです。

フランクとネリーは、働き者ですが貧しいロンドンっ子からナルニアの最初の王と女王に変身し、健全な精神と善良な心で公平に国を治め、敵に対しては勇敢に国を守るという使命をあたえられます。

イチゴはくたびれて年をとった馬車馬から、山脈も飛び越えられるほどの力強い翼を持つ馬へと変貌をとげます。

ディゴリーの母親は体を動かすのもままならない死にかけた病人から、再び人生を楽しみ、家族を育む力を持った丈夫で幸せな女性に変わるのです。

「わらわのことを考えてみよ、子ども」。魔女はディゴリーにこんな捨てぜりふを吐きます。「そちがおいぼれておとろえ、死の床に横たわる時……」。力を間違ったかたちで使おうとする陰には、おそらく死の恐怖が深く根ざしているのでしょう。

無力さと肉体の死を考えるのはたいていの人にとって恐ろしいものです。だからたいていの人は考えまいとします。これも人間の条件の一つでしょう。天使であれば死なないし、動物は自分の死を考えずにすみます。人間だけが、弱さと死という恐怖から我が身を守ろうとするのです。

持ってはならない力を手に入れるのは、弱さ（さらには究極の弱さである死）から逃れようとする試みですが、それは誤った逃避です。ふさわしくないときにふさわしくないやり方でリンゴを摘《つ》んで口にするように、持ってはならない力を手に入れるのは毒となるのです。害のない力を授かる唯一の方法は、謙虚にそれを受けとって賢く使うことです。良い力は神から委託されるものだからです。

✪『魔術師のおい』を時間と場所で整理すると

この物語は、ナルニアのまさに建国の年に起こったできごとです。ナルニアの世界の第一日めに、次の五つがすべて起きていることに注目してください。

1 無
2 創造
3 悪の力の侵入
4 祝福
5 王と女王の戴冠式《たいかんしき》

この物語は一九〇〇年のロンドンで始まります。ポリーは十一歳、ディゴリー十二歳。物語の最後に、ルイスは真面目な顔で（目をいたずらっぽく輝かせながら）、ディゴリーは中年になってから有名な学者で大学の先生、おまけに大旅行家になった、と私たちに教えてくれます。けれどもディゴリーが十二歳以降にした旅行はこの世界の中だけに限られていて、ディゴリーにとっては大旅行と思えなかったにちがいないことは皆さんにもおわかりでしょう。

第一章・第二章＝ロンドン
第三章・第四章・第五章＝チャーン
第六章・第七章・第八章＝ロンドン
第九章・第十章・第十一章＝ナルニア
第十二章・第十三章＝西の荒野
第十四章＝ナルニア
第十五章＝ロンドン

ルイスはナルニア国物語を、子どもと大人のために書きました。ルイスは大人が子どもに読み聞かせをすることを知っていたので、一つの章を読み聞かせにふさわしい長さにし、各章を同じくらいの分量にしました。しかも、ルイスは言葉の音を意識しながら書いたので、彼の物語は声に出して読んでも流れがよいのです。

✪『魔術師のおい』裏ばなし

創生と再生

ディゴリーの母親は病気が治ってから、かび臭いケタリー家に光と音楽と笑いをもたらしました。ディゴリーの母親はとても遊びが好きで、義理の姉から「赤ちゃん」と呼ばれるほどでした。実際、ある意味で彼女は、生まれ変わったといってもよいのです。彼女の光と音楽と笑いは、ナルニアの創生をかすかにしのばせます。

クマが、動物だったら転んだりしないと言い張ったあとでひっくり返ると、カラスは三つめの笑いのたねだ、と言います。もちろん一つめの笑いのたねは、そのカラスがしんとしたところでタイミング悪く大声を出してしまったこと。では二つめの笑いのたねは？　これは他の二つのような失敗ではなく、ナルニアで最初のウィットのきいたせりふで、しかもアスランみずから言ったものです。ルイスはユーモアが好きで、彼の著作にはたくさんのユーモアがちりばめられています。ルイスは、ユーモアは、正義と同じように、神が人間にくださったすばらしい贈り物だと信じていたのです。

「使徒行伝」第二章

選ばれた動物たちにアスランが息吹《いぶ》きをかけるさまは、五旬節《ごじゅんせつ》の聖霊降臨《せいれいこうりん》の場面に少し似ています。アスランは焼きつくすようなまなざしで動物たちを見つめ、火のような光のいなずまがさします。すると動物たちがいっせいにしゃべり出すのです。動物たちの最初の言葉は「アスラン、ばんざい」でした。最初に単独で発言し、まだあまりよくわからないと認めた動物は、イチゴでした。

ひそかな見物人

サラは『魔術師のおい』に五回登場し、そのうち四回でルイスはわざわざ、この娘がどんなにおもしろい思いをしているかを読者に語りかけています。サラはケタリー家の女中です。彼女はアンドルーおじとジェイディスのために辻馬車をつかまえ（たぶんフランクとイチゴでしょう）、レティおばを助けにディゴリーを呼び、気のふれた危険なひと（ジェイディス）が野放しになっていると警察に言いにやらされ、ディゴリーとポリーとアンドルーおじが無と創造と悪の侵入と祝福と戴冠式のあとでこの世界に戻ってきたときには、ドアを開け放した玄関に立って騒ぎを見物していました。

おかげで三人は誰にも気づかれずに家に入ることができたのです。サラはなんと愉快な一日を過ごしたことでしょう!

ルイスの視点

「おまえは、まちがった見方でばかりものごとを見てるぞ」。冒険が始まる前、アンドルーおじはディゴリーにそう文句を言います。のちにディゴリーと仲間たちがアスランに従って行ったところで、ルイスは動物たちが選ばれるさまがアンドルーおじの目にはどう見えたかを話しています。同じ見たり聞いたりすることでも、その人の人となりによってずいぶん違ってくるものだとルイスは断言します。アンドルーおじは冒険の前、モルモットを自分の好き勝手に使える物体として見ていました。この場面では、動物たちが自分の身をおびやかす危険としか見えていません。間近で見ているのに、動物たちが本当は何をしているのかに気づかないのです。利己的な目的以外では、動物に関心を持っていないからです。

ルイスはあるエッセイで、「神を避ける方法」についてアドバイスしています。それには「金銭、性、地位、健康、(そして何よりも)自分の苦悩に心を集中させること」(まさにアンドルーおじにぴったりあてはまるではありませんか)。

エッセイの後半でルイスは次のように述べています。「ある者にとってはあらゆるところに神が見出せる。別の者にとって、神はどこにもいない。(中略)それは見る目に大きく左右される」。ルイスのエッセイ集『キリスト教徒の考察』収録の一篇「物を見る目」です。

C・S・ルイスの視点は、読者に大切なことを気づかせてくれるでしょうか。

『魔術師のおい』の背景

『魔術師のおい』を書く四十三年前、九歳の「ジャック」・ルイスは、愛する母親がガンで病みおとろえ、死んでいく姿をまのあたりにしました。母親は一九〇八年八月二十三日、夫の四十三歳の誕生日に自宅で亡くなりました。そしてそれ以後、幸福な家庭は二度と戻ってきませんでした。母親は一家の太陽だったのです。『魔術師のおい』で描かれたディゴリーの板ばさみの苦しみには、ルイスの実感がこもっているのです。

ルイスはナルニア国についての本を五冊書いたのちに、時代をさかのぼってこの『魔術師のおい』を書き、ナルニアの創生を語っています。ルイス自身は『ポリーとディゴリー』という題名をつけていましたが、出版社は題名からポリーを外し、『魔術師のおい』にしました。はたしてこの選択は正解だったでしょうか?

C・S・ルイスの少年時代、イーディス・ネズビットが楽しい子ども向けの本を次々と出していて、ルイスはそれらを愛読していました。ネズビットは大人向けの雑誌にも作品を多数発表していましたが、子ども向けの本を初めて出版したのは一八九九年になってからです。この年にはフランク・バウムが「オズ」の最初の本を、そしてシグムンド・フロイトが「夢判断」の本を出しています。一八九九年に出たこれら三冊の本は、それぞれの著者を一躍有名にしました(フロイトは出版年を一九〇〇年と偽っていますが、そのほうが話題性があると考えたためです)。

ネズビットの最初の作品『宝さがしの子どもたち』は、バスタブル家の子どもたちが一家の生計を助けるためにお金を稼ぐか、お金を見つけようとする話です(当時四十一歳だったネズビットも、長年働いて家庭を支えていました)。バスタブル家のきょうだいは一九〇一年の『よい子連盟』と一九〇四年——ルイスが六歳の年——の『新・宝さがしの子どもたち』に再び登場します。同じ時期にネズビットは魔法をあつかった傑作も三冊出しています。『砂の妖精と5人の子どもたち』(一九〇二年)、『火の鳥と魔法のじゅうたん』(一九〇四年)、『魔よけ物語』(一九〇六年)です。

ネズビットと同じように、C・S・ルイスも中年になってから初めて子ども向けの本を書きました。『魔術師のおい』では、ルイスはネズビットの物語に出てくる子どもたちと同じ時代、同じ年ごろの子どもたちを主人公にしました。時は一九〇〇年、冒険に耐えられるだけの年齢の子どもたちです。同じ食べ物、同じ服装、同じ舞台設定で、エピソードまで似たものが出てきます。『魔よけ物語』で、子どもたちがうっかり古代バビロンの女王をロンドンの自宅に連れてきてしまい、女王が騒動を起こすのは偶然の一致ではありません。ルイスはネズビットに敬意を表するかのように、『魔術師のおい』に堂々とこのアイデアを借用したのです。

『魔よけ物語』はこんな言葉で始まります。

「四人の子どもがいました。子どもたちは、夏休みを白い家ですごしました。（中略）子どもたちの名まえはシリル、ロバート、アンシア、ジェインといいました」〔『魔よけ物語（上）』（講談社青い鳥文庫、八木田宜子訳）より。以下同〕

ルイスは『ライオンと魔女』と『カスピアン王子のつのぶえ』の冒頭の文にその言い回しを使っています。『魔よけ物語』の結末近くでネズビットは書いています。

「そして、その深いやみと静けさの中から、一つの光と、一つの声があらわれました。光は、あまりにかすかで、なにかを照らすこともできず、声は、あまりに小さくて、なにをいっているのかきこえませんでした。しかし、光と声は大きくなっていきました。光は、それを見たら死んでしまうほど強い光となり、声は世界一あまく、世界一おそろしい声となったのです。子どもたちは目を落としました」

ルイスはこのくだりも『ライオンと魔女』でまねています。

『魔よけ物語』では、子どもたちの父親は満州《まんしゅう》にいて母親は病気でした。『魔術師のおい』でもディゴリーの父親はインドにいて、母親が病《やまい》にふせっています。ルイスはナルニア国シリーズの他の作品にもネズビットへのオマージュを織り込んでいます。カロールメンの王ティスロックの名は、ネズビットの書いたバビロンの魔物ニスロクとよく似ています。ルイスはタシを創造したとき、ニスロクの姿を思い描いていたにちがいありません。

ネズビットは作品のなかで存分に遊び心を発揮しています。ニスロクが物語に登場する場面で、シリルにこう言わせているのです。「女王がいった名前はなんだったたっけ――ニスベス――ネズビット――そんなだった?」

ルイスが同じ遊び心から『魔術師のおい』でネズビットの影響をほのめかしたのはまちがいありません。しかもネズビット作品に出てくる家族の名前と、自分の名前を三行目に入れ込んでそれをやっているのです。「そのころは、名探偵のシャーロック・ホームズがまだ生きていて、ベーカー街に住んでおりましたし、バスタブル家の子どもたちが、ルウィシャム通りで、宝さがしをしていた時分です」〔ルウィシャム(Lewisham)にルイス(Lewis)の名が隠されている〕。

まさにネズビットらしいタッチです。

✪ 生命の木の実――『魔術師のおい』での大事な象徴

魔法の果樹園の禁断《きんだん》の実《み》は、神話やおとぎ話に昔から使われてきたイメージです。創世記によれば、このイメージは人類の歴史の始まりと同時に生まれています。神はエデンの園を川でうるおし、その中央に二本の木、命の木と善悪を知る木を生やしました。神はアダムとイブに善悪の木からその美しい実をとって食べれば死ぬだろうと言います。そののちに起こったことは誰もが知る通りです。

主なる神は言われた、「見よ、人はわれわれのひとりのようになり、善悪を知るものとなった。彼は手を伸べ、命の木からも取って食べ、永久に生きるかもしれない」。そこで主なる神は彼をエデンの園から追い出して、人が造られたその土を耕させられた。神は人を追い出し、エデンの園の東に、ケルビムと、回る炎のつるぎとを置いて、命の木の道を守らせられた。

〔「創世記」第三章二二～二三節〕

ところが、聖書に書かれている人類の歴史の最後にも、神の都を流れる川の両側に命の木がありますが、木々はたわわに実をみのらせ、守る者はいません。

御使はまた、水晶のように輝いているいのちの水の川をわたしに見せてくれた。この川は、神と小羊との御座から出て、都の大通りの中央を流れている。川の両側にはいのちの木があって、十二種の実を結び、その実は毎月みのり、その木の葉は諸国民をいやす。のろわるべきものは、もはや何ひとつない。

〔「ヨハネの黙示録」第二二章一～三節〕

魔法の木の実は、まちがったやり方で手に入れると毒となり、正しいやり方で手に入れれば永遠に生命をやしなう、霊的な力の象徴です。この果樹は聖書全体の最後に語られる象徴となっているのです。

「見よ、わたしはすぐに来る。報いを携えてきて、それぞれのしわざに応じて報いよう。わたしはアルパであり、オメガである。最初の者であり、最後の者である。初めであり、終りである。いのちの木にあずかる特権を与えられ、また門をとおって都にはいるために、自分の着物を洗う者たちは、さいわいである。犬ども、まじないをする者、姦淫《かんいん》を行う者、人殺し、偶像を拝む者、また、偽りを好みかつこれを行う者はみな、外に出されている。

わたしイエスは、使をつかわして、諸教会のために、これらのことをあなたがたにあかしした。わたしは、ダビデの若枝また子孫であり、輝く明けの明星である」。御霊も花嫁も共に言った、「きたりませ」。また、聞く者も「きたりませ」と言いなさい。かわいている者はここに来るがよい。いのちの水がほしい者は、価なしにそれを受けるがよい。

この書の預言の言葉を聞くすべての人々に対して、わたしは警告する。もしこれに書き加える者があれば、神はその人に、この書に書かれている災害を加えられる。また、もしこの預言の書の言葉をとり除く者があれば、神はその人の受くべき分を、この書に書かれているいのちの木と聖なる都から、とり除かれる。

〔「ヨハネの黙示録」第二二章一二〜一九節〕

『魔術師のおい』と聖書

「コロサイ人への手紙」第一章九〜一七節では、キリストが私たちの世界を造られ、救われたと明言しています。パウロは他のキリスト教徒たちのために、霊的な愚かさの対極にあるものを求めて祈っています。彼らが生きるうえでの力を求めて祈っているのです。これらは『魔術師のおい』の重要な価値観でもあります。

そういうわけで、これらの事を耳にして以来、わたしたちも絶えずあなたがたのために祈り求めているのは、あなたがたがあらゆる霊的な知恵と理解力とをもって、神の御旨を深く知り、主のみこころにかなった生活をして真に主を喜ばせ、あらゆる良いわざを行って実を結び、神を知る知識をいよいよ増し加えるに至ることである。更にまた祈るのは、あなたがたが、神の栄光の勢いに従って賜るすべての力によって強くされ、何事も喜んで耐えかつ忍び、光のうちにある聖徒たちの特権にあずかるに足る者とならせて下さった父なる神に、感謝することである。神は、わたしたちをやみの力から救い出して、その愛する御子の支配下に移して下さった。わたしたちは、この御子によってあがない、すなわち、罪のゆるしを受けているのである。

御子は、見えない神のかたちであって、すべての造られたものに先だって生まれたかたである。万物は、天にあるものも地にあるものも、見えるものも見えないものも、位も主権も、支配も権威も、みな御子にあって造られたからである。これらいっさいのものは、御子によって造られ、御子のために造られたのである。彼は万物よりも先にあり、万物は彼にあって成り立っている。そして自らは、そのからだなる教会のかしらである。彼は初めの者であり、死人の中から最初に生まれたかたである。それは、ご自身はすべてのことにおいて第一の者となるためである。神は、御旨によって、御子のうちにすべての満ちみちた徳を宿らせ、そして、その十字架の血によって平和をつくり、万物、すなわち、地にあるもの、天にあるものを、ことごとく、彼によってご自分と和解させて下さったのである。

〔「コロサイ人への手紙」第一章九〜二〇節〕

アスランが万物《ばんぶつ》を創造したことは、キリストが万物を創造したことを思わせないでしょうか。ポリーとディゴリーがチャーンからナルニアに移されたことは、人間が闇の支配下から、神の愛する御子の王国へと移されたことを思わせないでしょうか。チャーンとナルニアは、霊的な現実を考えるときに思い浮かべるのにふさわしいイメージではないでしょうか。

❂『魔術師のおい』からこのひとこと

「ところで、人間は、ありのままのじぶんよりももっとじぶんをおろか者に仕立てようとつとめると、こまったことに、たいていそうなるものなのです」

ルイスが思っていたように、愚か者を演じることは心に害をおよぼすのでしょうか。

心の目や耳を閉ざす理由とはどんなことなのでしょうか（心を閉ざすと、人によってはは頑丈な城壁に守られたように、安全に感じるものでしょうか）。

✪『魔術師のおい』グルメ

『魔術師のおい』では、ポリーのポケットに入っていたべたべたのタフィーが、魔法の力でタフィーの実のすずなりになった木に育ちます（イーディス・ネズビットの物語『魔法の鉱脈』では、少年のポケットに入っていたべたべたのタフィーのひとかけらが魔法の力で一ポンド分のタフィーに増えています）。タフィーは簡単に手に入り、だれにでも愛されています。ルイスがタフィーと呼んでいるのは食料品店にあるふつうのキャラメルのことです。体のことを考えるなら、リンゴがおやつとしてうってつけでしょう。あの果樹園のリンゴと比べれば、この世のリンゴはどんな高級品も色あせて見えそうですが、「本当のリンゴ」を思い出すよすがにはなります。木の実（ハチミツがけでもハチミツなしでもいいですが）は、アンドルーおじが檻の中で過ごした一夜の記念にどうぞ。

❂『魔術師のおい』クイズ

Q1 ポリー・プラマーの秘密の場所は?
(a) ナルニア
(b) ロンドンの、ある棟つづきの住宅の屋根裏
(c) 裏庭

Q2 緑の光に満ちた世界と世界のあいだの林に行く方法は?
(a) 緑の指輪
(b) モルモット
(c) 池(どれでもよい)
(d) 黄色い指輪

Q3 像たちの部屋、台の上の小さなアーチ、そこから下がった鐘と槌は何でできていた?
(a) 金
(b) 銀

（c）銅《どう》
（d）鉛《なまり》

Q4 女王ジェイディスがチャーンを破壊するために使ったのは？
（a）奴隷《どれい》と兵士
（b）ほろびのことば
（c）核爆弾

Q5 ジェイディスがロンドンでしなかったことは？
（a）真珠の首飾りを奪った
（b）レティおばを部屋の向こうに投げとばした
（c）人びとを塵《ちり》に変えた
（d）辻馬車をこわした
（e）馬車馬をたけりくるわせた
（f）鉄の棒を折った
（g）警官をたたきのめした

Q6 何もない真っ暗な世界で善良な馬車屋がしたことは？
（a）祈った
（b）かり入れの感謝の讃美歌を歌った
（c）自分の運命を呪《のろ》った

Q7 ライオンが歌を歌って新しい世界を生まれさせたとき、彼とその歌を憎んだ二人は？
（a）イチゴと馬車屋
（b）アンドルーおじとジェイディス
（c）ポリーとディゴリー

Q8 馬車屋の奥さんのネリーがナルニアにやってきた理由と方法は？
（a）夫を探しに魔法の指輪で
（b）女王になるためにアスランに呼ばれて
（c）召使になるためにジェイディスに引き込まれた

Q9 ディゴリーが魔法の果樹園で銀のリンゴを摘んだあと、アスランの言いつけを二度破りそうになります。彼がやりそうにならなかったことは？
（a）飢えとかわきで、リンゴを食べる
（b）リンゴを土に埋めて自分用に銀のリンゴの木を生やす
（c）死にかけた母親を治すために家にリンゴを持って帰る

Q10　物語の中で土から生えなかったものは？
（a）タフィーの木
（b）街灯
（c）お金の木
（d）指輪の木
（e）魔法のリンゴの木

クイズの答え

Q1＝（b）　Q2＝（d）　Q3＝（a）　Q4＝（b）　Q5＝（c）
Q6＝（b）　Q7＝（b）　Q8＝（b）　Q9＝（b）　Q10＝（d）

『魔術師のおい』あなたはどう思う？

＊人間の好奇心を満たすために動物を使って実験することをあなたはどう思いますか？　ルイスはそれに反対していました。ルイスは動物に優しすぎたのでしょうか。あなたは動物に対して同情心がありますか、ありませんか？

＊アンドルーおじは妹、ジェイディスは姉を軽蔑していました。あなたに兄弟がいたら、目ざわりだと思っても、競争心やいらだちや、自分中心の気持ちを克服できますか？　もしできるとしたら、その気持ちをどうやって抑えますか？

＊馬車屋もディゴリーのお母さんも歌うのが好きでした。物語に出てくる星々はすばらしい歌い手たちでした。

ルイス自身は楽器を演奏しませんでしたが、クラシック音楽は好きでした。『魔術師のおい』の読者で音楽が好きな人はヘンデルの「天地創造《てんちそうぞう》」を聴いてみてください。「メサイア」にも劣らぬ名曲だという人もいます。

＊医師がさじを投げたのに、祈りの力で病気が治った人を知っていますか？　もしそ

んな人を知っているとしたら、その出来事であなたの神に対する気持ちはどう変わりましたか？　もしその人が再び病《やまい》に倒れ、亡くなったとしたら（ルイスの妻ヘレン・ジョイ・ルイスのように）、あなたの神への気持ちはどう変わるでしょうか？

＊オカルト的な治療師など、キリスト教以外にも、霊的な癒《いや》しの力で病気を治すというふれこみの団体がいろいろあります。絶望的な状況でそうした団体にすがることについてどう思いますか？

＊科学や政治の世界の第一人者のなかには、一般人が従う良識の決まりに自分は従う必要がないと思っている人がいます。「我々のような人間の運命は高くして孤独なのだ」とは、ジェイディスとアンドルーおじがともに口にした言葉でした。現代の思想家や実験家から同じせりふを聞いたことがありますか？　もし聞いたとして、あなたは気づくでしょうか。

＊私たちの時空間の体系の外に別の世界があるかもしれないことをあなたは信じていますか？　その可能性は喜ばしいこと、それとも恐ろしいことでしょうか。天国と地獄は私たちの時空間体系の中、それとも外にあるのでしょうか。

＊一九〇〇年にアスランはポリーとディゴリーに向かって、まもなくこの世界の大国は女帝ジェイディスにおとらず、歓びも正義も慈悲《じひ》もいっこう気にかけない暴君たちによって支配されることになるだろうと予言しています。ルイスが念頭に置いていたはずの暴君たちの名前がわかりますか？　現代の世界のリーダーや組織で歓びと正義と慈悲を気にかけているものはあるでしょうか。それらはアスラン自身の資質ではないでしょうか？　アスランはフランクとヘレンにこう言っています。「正しく、情深く、勇気あれ。あなたがたに、めぐみあれ」。これは神に仕えたいと望む者すべてにあてはまることではないでしょうか？

✿『魔術師のおい』をめぐるあれこれ

1　『アメリカ科学連盟ジャーナル』は科学とキリスト教信仰に福音主義の視点をもたらすことを目的とした学術誌です。この雑誌の書評ページの冒頭は魅力的な意《い》匠《しょう》のイラストで飾られています。真ん中に「ヨハネによる福音書」のページを開いた新約聖書があります。その右側、計算機と石の隣に『魔術師のおい』という題名の小さな本が描かれているのです。『魔術師のおい』と科学の関係とは？

2 一九七六年にカリフォルニアのミュージシャン、スティーヴ・ブラウンが「ライオンの息吹き（Lion's Breath）」というアルバムを出しました。そのなかに収録されている「ライオンの歌（Lion's Song）」は、アスランを創造者として歌った一曲です。一九八〇年にはスパロー・レコーズが、アン・ヘリングを中心とし、高い評価を受けているクリスチャンのグループ、セカンド・チャプター・オブ・アクツの「愛の咆哮（The Roar of Love）」を初プロデュースしました。このアルバムは全曲ナルニアの歌で構成されており、カセットテープでもＣＤでも手に入ります。

3 南カリフォルニアのある大きな教会のキリスト教教育指導者たちが、ある夏、子ども向けの夏期特別活動として「アスラン・クラブ」を始めました。七週のあいだ、毎週水曜日に小学四年生から六年生までの児童なら誰でも午前中の一時間クラブを訪れて、その週のナルニア本に関係する活動が楽しめました。

4 その教会の高校生の部でも、ナルニア国物語に別のかたちで取り組みました。毎週、リーダーたちがその週取り上げた本から一部を選び、日曜の朝、集まったグループに朗読しました。その後、引用箇所が生活や信仰に持つ意味をディスカッションしました。

5 毎年、四旬節《しじゅんせつ》の期間中、多くの個人や教会のグループがナルニア国物語を読みます。南カリフォルニアのあるトラピスト会修道士《しゅうどうし》は、「過去三年間に三回、ナルニア国物語を読みましたが、自分にとって修道士になってからの十六年間に読んだなかでいちばんスピリチュアルな本だ」と語ってくれました。「神がどんな方か、私たちが何者か、そして神やお互いとどう関わっているのかについての洞察《どうさつ》にあふれているんです」。ナルニア国物語は人の心と存在そのものに深くしみいるのだ、と彼は言います。

『魔術師のおい』にもとづいた祈り

私たちはディゴリーのように、安心と愛を失うことを恐れています。

私たちはポリーのように、良き仲間、良き友でありたいと願っています。

私たちはフランクのように、シンプルな生き方に戻りたいと望んでいます。

私たちはイチゴのように、つらい仕事から逃れて翼を生やしたいと思っています。

そう願う私たちが、金の鐘と銀のリンゴを間違ったかたちで使わないよう、お守りください。

私たちの中に清らかで従順な心をお造りください。

TASHBAAN-

さいごの戦い

✪死から生へ——『さいごの戦い』のテーマ

いずれ訪《おとず》れる死について、考えるのはよそうとする人は多いものです。子や孫の心のなかで生きつづけたいと願う人もいれば、仕事や作品、社会への貢献によって名を残し、人類の記憶として生きつづけたいと願う人もいます。でも、そうしたもの自体がいつまで死をまぬかれるものでしょうか。

C・S・ルイスが別のところで述べているように、私たちは、完全な生に至るためには死に身をゆだねなければなりません。死はもちろん最大の敵ですが、最後の敵でもあります。死は私たちが愛するすべてのもの——肉体、友人、祖国、家族、仕事、遊び、楽しみ、業績、望み、笑い、太陽、その他、私たちが執着《しゅうちゃく》する、良きものすべて——から私たちを引き離します。私たちはすべてを失うのです。

死の際に手放さなければならないもののうち、本当に良いものはすべて、天国での新しい、完全な生において取り戻され、いっそう良いものとなる、とルイスは信じていました。それはまるで、私たちが地上で愛していた人生の良いものは絵入りのメニューのようなもので、死によってメニューを失った後、私たちはごちそうの実物にあずかるのです。そして本物は私たちの想像を超えています。

天国では、自分がもはや自分でなくなるのではないかと恐れる人もいます。しかしルイスは、天国では今まで以上に自分自身になると説きます。本当の自分になる、と。天国には苦痛も死も悲しみもないのはもちろん、いらだちも退屈もありません。この世の生は時間をかけた死、絶えざる渇《かわ》きです。ひとたび渇きと死が終われば、私たちは生命の水に、永久に満たされるのです。

『さいごの戦い』を時間と場所で整理すると

本書の地図で、大釜池と、ナルニアの大川を探してみよう。西へ向かう道はわかるでしょうか？

ナルニア国シリーズの物語に出てくる年代や数字は、かならずしもきれいに一致してはいません。チリアンはリリアンから七代目だといいますが、リリアンがチリアン本人のいうように、ひいおじいさんのそのひいおじいさんにあたるとすれば、これは間違いです。見当違いのドアを開けてアンドルーおじにつかまってしまうことになる、ポリーとディゴリーの計算間違いを思い出させますが、さて、誰がどこで計算を間違えたのでしょう？　その張本人《ちょうほんにん》はルイスかもしれません。

ルイスはオックスフォード大学の入学試験の数学で大失敗しますが、それでもなんとか入学を果たしています。帰還軍人として試験を免除されたのと、数学以外では優秀な成績をおさめたおかげでした（皮肉にもルイスの母親は学生時代、数学を専攻して優秀な成績をおさめています）。

ポリーとディゴリーが魔法の指輪を埋めた四十九年後に、ピーターとエドマンドがロンドンに行き、指輪を掘り出します。この物語が起こったのはイギリス時間で一九四九年、ナルニア時間で二五五五年。リリアン王子がユースチスとジルによって救出され、王となってからおよそ二百年が経っています。リリアン王子を救出したとき九歳だった二人は十六歳。チリアンはリリアンの七代下った孫で、二十四歳前後。ディゴリーは六十一歳、ポリーが六十歳、ピーターは二十二歳、エドマンド十九歳、ルーシィは十七歳になっています。

天国では人々の世代の差が消え、みなが永久に人生の盛りになることをあなたは信じますか？

『さいごの戦い』は大きく四部に分かれています。

1 ナルニアで起きた災い（第一～四章）＝三週間
2 この世界からやってきた希望（第五～八章）＝四八時間弱
3 うまや丘での絶望（第九～十二章）＝一夜

④ さらに高く、さらに奥へ（第十三〜十五章）＝時のない世界

『さいごの戦い』裏ばなし

水の贈り物

『さいごの戦い』の物語は水のエピソードにあふれています。最初はライオンの皮が見つかった大滝と大釜池。次に、たから石は邪悪なアスランを「かわきの水」になぞらえています。ネズミたちは血のついた王の顔を水でぬぐいました。二人の子どもたちとチリアンは泉を見つけ、水を飲み、ほてった顔に水をかけました。のちにうまや丘の裏に身をひそめて戦っているとき、みながはげしい喉の渇きに苦しみます。彼らはようやく白岩をつたう水の滴《したた》りと小さな池を見つけ、その水を飲んでいる間だけは、（滅びる運命を迎えていたにもかかわらず）ただ嬉しくて他のことは考えられませんでした。

ナルニアが終わりを迎えた後、一同はきれいな小川のほとりでエーメスに出会います。そして、みながまことの大釜池に飛び込み、毎秒何千トンもの水がダイヤモンドのように輝き、濃緑の草色になりながら落ちかかる大滝を泳ぎのぼるのです。ついに見たアスランの国には緑の山々が連なり、きらめく滝がどこまでも高くのぼっていく

のでした。やがてアスランその人が一すじの生きている美と力の滝のように、崖を順々に飛び降りてきて、一同に、ここに永久にいてよいと告げるのです。

聖書のイメージ

白い岩、真っ暗になる空、天国の扉に鍵をかけるピーター〔ピーター（Peter）と、キリストの弟子で天国の鍵を預かるペテロは同じ名前〕、いずれも聖書に出てくるイメージです。

愚かな変装

ロバにライオンの皮を着せるというアイデアは、昔の寓話《ぐうわ》からとったものです。古代ローマの作家アヴィアヌスが紀元約四〇〇年に、この筋書きを詩に使っています。

名前に隠された意味

「エーメス」はヘブライ語で真実を意味します。エーメスは正直な心を持ち、真実の探求者でした。真実を愛する心は、もとをたどれば純粋な心と同じものなのでしょうか？

アスランの前足に抱かれて

「勇気をもちなさい、姫。わたしたちはみな、まことのアスランのふたつの前足のあいだにいだかれているんですぞ」。事態がいよいよ悪くなったとき、チリアンはジルにこう言います。その言葉は『銀のいす』でリリアンがジルとユースチスに言った言葉、「勇気をだそう、友よ。生きるも死ぬも、アスランこそ、われらの主だ」を思い出させます。アスランの前足の間に安らぐイメージで、つらいときの勇気を与えられる読者もいることでしょう。

詩

『さいごの戦い』にはナルニアの進軍歌の最後の二行が引用されています。ルイスは一九五三年、『さいごの戦い』を書いた年に「太鼓とラッパと二一人の巨人たちのための進軍歌」を書き、一九五三年十一月四日付の『パンチ』誌に発表しました。この詩はルイスの『詩集』にも収録されています。

詩のなかでは、巨人たちの地響《じひび》きの鳴る行進の前に小人たちの陽気で軽《かろ》やかな行進があります。しかし、この本はルイスの死後に出版され、残念なことにルイスの詩の多くに改変が加えられました。一九五三年版の巨人たちの行進のほうが、改悪といってもいい改訂版よりもよくできています。

C・S・ルイスは、ロバート・フロストを現代最高の詩人の一人と評していました。ルイスが世界の破滅をうたったフロストの九行詩「火と氷」に感銘《かんめい》を受けていたことはおおいにありそうに思われます。欲望の力ゆえに、世界は焼き尽くされて終末を迎えるだろうという者にフロストは同意します。しかし、憎しみも大きいゆえ、もし世界が二度滅亡しなければならないとしたら、そのときは氷が十分にその役を果たすでしょう。

歴史の終わり

作家のジョン・ワーウィック・モンゴメリーが一九七三年に『歴史はどこへ行くのか——キリストの啓示の歴史的真実を証する随想《ずいそう》』という本を世に問いました。その献辞にはこうあります。「歴史がナルニア国に完成を見ると信じた先見者、C・S・ルイスの思い出に」。この献辞はどのような点で真実といえるでしょうか?

時の終わり

巨人の時の翁《おきな》が夢から覚め、太陽と星たちを消したとき、彼には新しい名がつきました。多くの読者にはおわかりでしょう。彼の新しい名は「永遠」です。

悪い影響？

ナルニア国物語に対して、有色人種や女性を差別し、暴力を礼賛《らいさん》しているという批判があります。この三つの批判の対象となっている例はナルニア国物語のどこに見られるのでしょうか。そのもととなったルイスの人生経験や時代背景として、何が考えられるでしょうか。ルイスが今日のこうした批判を聞いたら、どう答えるでしょうか。

悪の力

ルイスは超自然の悪の力、悪魔の実在を信じていました。ヨコシマのような単なる悪党だけでなく、タシのような超自然の存在が私たちの世界で活動していると考えていたのです。また、「タシラン」のような人を惑《まど》わす反キリストの出現を警告する聖書の記述も真剣に受けとめていました（「マタイによる福音書」第二四章二三〜二七節では、キリストがひそかに地上のどこかに戻っているかもしれないという嘘の噂に警戒せよと戒《いまし》めています）。

決まりや言葉を超えたもの

「わたしたちはどんなことでもゆるされている国へきている」。天国では誰も間違った望みは持たなくなる、神を慕うことだけが私たちの願いとなり、その思いは言葉では言い表せないほどの歓びと胸のときめきになる、とルイスは考えていました。

❂『さいごの戦い』の背景

C・S・ルイスが『さいごの戦い』を書いたのは一九五三年で、当初は『ナルニア最後の王（The Last King of Narnia)』という題をつけていました。次に選んだ題名は『ナルニアの夜のおとずれ（Night Falls on Narnia)』。三番めに提案したのは『ナルニア国の最後の物語（The Last Chronicle of Narnia)』。題名にナルニアという言葉を入れたルイスの案は、またしても出版社に却下《きゃっか》されました。そこでルイスは、今度は本のなかのセリフから題名をとりました。「さいごの戦い」という言葉が、読者には二重、三重の隠れた意味を伝えることをルイスはわかっていたにちがいありません。

『さいごの戦い』を書いた十年後、ルイスは重い病気にかかります。ルイスは、ナルニア国物語をもっと書いてほしいと願うルース・ブローディというアメリカの子どもからの手紙に、次のような返事を書いています。

あなたは、『ナルニア国物語』のなかにもう一つお話が隠されていることに気づいたそうですね。それを聞いてとてもうれしく思っています。子どもはほとんどいつもそれに気づくのですが、大人はだいたい、誰も気がつきません。おかしなことです。『ナルニア国物語』はあれでおしまいです。残念ですが、わたしがもう一冊書くというわけにはいかないと思うのです。神さまの祝福がいつもあなたの上にありますように。

〔『子どもたちへの手紙』〕

この手紙を書いた二十七日後、ルイスはこの世を去りました。

うまや――『さいごの戦い』での大事な象徴

これまでの物語で大事な象徴《しょうちょう》となってきたのは、生命の木の実、石舞台、生命の水、空中にかけられた戸、魔法のまじない、信仰の楯《たて》でした。これらの象徴のいくつかは、『さいごの戦い』に再び登場しますが、特別な意味を帯びて新たに登場するのが「うまや」です（「Stable《うまや》」という言葉は「Stone Table《石舞台》」の省略形にも見えます）。ケア・パラベルとは対照的に、うまやは小さくて暗くて粗末な小屋です。うまやはイエスがこの世の（肉体を持った）生に入られた場所です。そしてうまやは、私たちがこの世の（肉体を持った）生を去るときの、小さな暗い場所の象徴ともいえます。それは、人間の誕生と死、あるいは死と誕生なのです。『さいごの戦い』では、うまやが悪の力によって人をだますための卑劣《ひれつ》な手段、武器として使われますが、最後にうまやは神の栄光に満たされます。それはちょうど、私たちの死が、はるかに完全なる生への誕生となることと重なり合うのです。うまやのなかでは、誰もが自分の本当に求めているものを見つけます。うまやの内側は外側よりも大きいのです。これは、人間の誕生と死（卑しいものも高貴なものも）にもいえることです。それは大いなる神秘、大いなる慰め、大いなる冒険なのです。

✪『さいごの戦い』からこのひとこと

ディゴリー卿はルーシィに、かかわりのあるよいナルニアのいっさいはうまやの戸を踏み越えて、まことのナルニアに引っ越してきたのだと言います。「いうまでもなく、ここはちがうところだ。ほんものが水の鏡とちがい、目をさましている時が、夢みている時とちがうように、ちがうのだよ」

アスランがすばらしい真実を告げます。

「夢はさめた。こちらは、もう朝だ」

アスランが話すにつれて、彼はもうライオンのようには見えなくなります。そして、そこから始まる出来事はルイスの筆の力を超えています。だからこのアスランの言葉は、七つの物語の結びの言葉であり、すべての良い物語がめざす先にある言葉でもあるのです。

『さいごの戦い』グルメ

山バトと野生のフレスニという草で作るシチューのレシピは、残念ながらどこにも残っていません。悪いサルが食べていたミカンとバナナとクルミはお手軽なスナックになるでしょう。チリアンが木に縛られていたときに食べさせてもらった、ネズミサイズのチーズとワインとバターを塗ったカラスムギのパンは、上品に食べたいときの軽食にどうぞ。けれども、『さいごの戦い』で、シンプルながらいちばん心のこもった食事は、平凡なかたゆで卵のサンドウィッチとチーズサンドとペースト入りのサンドでしょう。このサンドウィッチは、イギリスで作ってナルニアで食べたもの。時空を超えた、究極《きゅうきょく》のテイクアウトフードです。

❂『さいごの戦い』クイズ

Q1 チリアン王の親友、たから石とは誰？

（a）金色の角を持つ灰色の一角獣

（b）青い角を持つ白い一角獣

Q2 チリアンが子どもたちに助けを求めると、やってきたのは？

（a）衣装だんすを通ってきたエドマンドとルーシィ

（b）指輪を使わずにやってきたジルとユースチス

（c）指輪を使ってやってきたポリーとディゴリー

Q3 ナルニアを裏切ったサルが手を組んだ相手は？

（a）カロールメン

（b）アーケン国

（c）街灯あと野

Q4 ワシの遠見ぬしがもたらした知らせとは？

（a）星うらべが殺され、ケア・パラベルがのっとられた
（b）タシがナルニアにやってきた
（c）ハジカミがナルニアを裏切った

Q5 リシダ・タルカーンが驚きと恐怖のうちに知った、うまやのなかにいたものとは？
（a）ロバ
（b）アスラン
（c）タシ

Q6 小人が仕える相手は？
（a）チリアン
（b）小人
（c）タシ

Q7 ナルニアの七人の王と女王のなかに、いなかったのは誰？
（a）ポリー・プラマー

（b）スーザン・ペベンシー
（c）ジル・ポール

Q8 ずっとタシを求めてきたエーメスが本当に仕えていた相手は？
（a）アスラン
（b）カロールメン
（c）タシ

Q9 ナルニアの最期に起こったことは？
（a）炎に焼き尽くされた
（b）氷に閉ざされた
（c）爆発が起きた

Q10 新しいナルニア、まことのイギリスでみなが叫んだ言葉は？
（a）ナルニア万歳！
（b）ガオ、ガオ、ギャオウイイ！
（c）さらに高く、さらに奥へ！

クイズの答え

1＝(c)　2＝(b)　3＝(a)　4＝(a)　5＝(c)

6＝(b)　7＝(b)　8＝(a)　9＝(b)　10＝(c)

『さいごの戦い』あなたはどう思う？

＊チリアンの合言葉は「光は夜あけ、うそはやぶれる」でした。しかし、闇と偽《いつわ》りはますます勢力を増していくように思われました。ナルニアで物事が悪化の一途をたどっていくのを読みながら、あなたはどう感じましたか？　(つらくて最後まで読めない読者もいるようです)。チリアンの合言葉は、今日にもあてはまるでしょうか？

＊トマドイのように「自分は言われた通りにしただけだ」という人は、かならずいるものです。命令や規則に従うのが好きな人もいれば、そうでない人もいます。どちらが安全で安心できるでしょうか。これは気質の問題、倫理的な選択の問題、それとも両方が関わっているのでしょうか？

＊一角獣のたから石が死を前にして言っています。「もしアスランがわたしに選ぶが

よいとおっしゃっても、ともにくらした一生のほかはおくりたくありませんし、王さまとまいる死よりほかはむかえたくありません」。悲しみのなかにあってさえ、心が満たされているということはありうるでしょうか？

＊星うらべの最期の言葉は「あらゆる世界は、かならず終わるもの。して気高き死は、いかに貧しきものでもあがなうことのできる宝であることを、心にとどめたまえ」でした。この古くからの教えは今も生きているでしょうか？　長患《ながわずら》いの死にも、気高さは宿るでしょうか？

＊子どもたちが一時的に心のはずむ気分になったとき、ルイスはこう言っています。「一度かくごをきめてしまえば、ずっと気分がよくなるものです」。ルイスは、マイヤーズブリッグスの気質分析を知らなかったようです。この分析では、決断する前のほうが気分がいい人びとと、決断した後のほうが気分が良くなる人びとがいることがわかっています。ルイスがどちらのタイプだったかは明らかでしょう。このタイプの違いから、世の中は決断を急ごうとする人びとと決断を遅らせようとする人びとに分かれ、パートナーシップに軋轢《あつれき》が生じる原因にもなっています。

＊『さいごの戦い』を読んだ読者は、スーザンが離れていったことにひどく失望します。心を痛めたある修道女が、ナルニア国物語の八冊め、『セントールの洞穴（*The Centaur's Cavern*）』を書きました。これは、スーザンがナルニアへの最後の旅で英雄的な活躍をする物語です。ルイスはスーザンを見放したのだからと言って反対する声もありました。でも、その人たちは知らないのです。一九五七年一月二十二日付の手紙で、ルイスがマーティンというアメリカ人少年にこう書いていることを。「でもまだスーザンにとっても、時はたっぷりあります。よくなる機会は十分あるのです。たぶんスーザンも、結局はアスランの国に行けるでしょう――スーザン自身の方法で」（『子どもたちへの手紙』）

＊一九六三年十一月二十一日、死の前日に、C・S・ルイスはフィリップという名前の少年からの手紙に返事を書きました。フィリップと両親が作品を気に入ってくれたことを喜んでいるとルイスは書いています。そして続けて、自分に手紙をくれる子どもたちはアスランが誰だかすぐわかるのに、大人たちにはわからない、と。

『さいごの戦い』をめぐるあれこれ

アメリカの少年

一九五五年、『さいごの戦い』が出版される前に、ローレンス・クリーグという名前のアメリカ人の少年が、アスランをイエスよりも愛しているとしたら自分は偶像礼拝者《ぐうぞうれいはいしゃ》なのではないかと思って、不安になったといいます。ローレンスの母親がルイスに手紙でアドバイスを求めると、ルイスは長い返事をしたためました。その手紙は現在、イリノイ州にあるウィートン・カレッジのウェイド・センターに収蔵されていいます。「他の誰か、他の何かよりもイエスを愛するのがどんなに難しいかを神様はよくご存じだから、努力しているかぎりお怒りにはならないでしょう。むしろ私たちを助けてくださるでしょう」とルイスは書いていいます。

しかし、ローレンス少年が自分はアスランを愛していると考えているのなら、彼が愛しているのは本当はイエスであり、「しかもこれまで以上に深くイエスを愛しているのです」。ローレンスが好きだと思っているアスランは、実はイエスのなかにあるものなのだといって、ルイスは少年を安心させています。そして、人間よりもライオンの姿をしているほうが格好いいとローレンスが思っているとしても、心配はいらない。それは子どもとして自然な気持ちであり、いずれ時とともに消えるだろう、と

（もし別の世界が救いを必要としていたら、キリストは彼らを救うために、私たちには想像もつかないその世界の住人の体に宿られるだろう、とルイスは書いています）。

ルイスはローレンス少年にこうアドバイスしています。ナルニア国物語について考えていることや感じていることが間違っていたら、変えてくださいますように、でも何も間違っていないのであれば不安から解き放ってくださいと、神さまに祈りなさい。そしてただ感じるだけの愛よりも大切な愛――神さまがお望みになる行い、キリストに近づくための行いによって神さまを愛せますようにと祈りなさい。

ルイスはローレンス少年のために毎日祈ると約束し、ローレンスも次のように祈ってくれたら嬉しいと付け加えています。「もしもルイスさんが、あの『ナルニア国物語』で誰かをくよくよ心配させたり、害をおよぼしているのでしたら、どうかルイスさんをゆるして、もう二度とそんなことをしないように教えてあげてください」（『子どもたちへの手紙』）

ルイスの想い出に

ルイスの死から十年後の一九七三年、カリフォルニア州サンタアナに百人の人びとが集まって、ルイスの聖職者としての活動を記念する会合を開きました。アート、ナルニア国のオペラ、信仰告白などのプログラムの最後を締めくくったのは、ルイスに捧げられた次のスピーチでした。

C・S・ルイスは三十歳を過ぎてからクリスチャンになりました。ルイスは聖書学校にも神学校にも通ったことはありません。聖職者として職位《しょくい》を授けられたわけでもなく、神学者の勉強をしたこともありません。自分には伝道の才能はないと言っていました。ルイスは世俗《せぞく》の職業についてフルタイムで働き、定年前に亡くなりました。それでも彼は私たちを教え導く聖職者です。

彼が私たちのもとを去ったあと、毎年のように彼や彼の作品についての本が新しく出版されています。プロテスタントの大学でもカトリックの大学でも、ルイスについての講座が開かれています。公式、非公式含め、C・S・ルイス協会がアメリカ全土で次々と設立されています。人びとはルイスがキリスト教徒として書いた最初の本(『天路退行』一九三三年)から最後の著書まで、およそ五十冊の作品を読んでおり、ルイスの著書の売上げは伸びる一方です。

しかし、ルイスにとって大切だったのは本の売上げではありませんでした。人びとを助けることこそ、ルイスにとっては大事だったのです。記録を打ち立てることではなく、真実を分かち合うことが。

ルイスがめざしたのは名声ではなく、歓びでした。人びとと真実と歓び——それがC・S・ルイスのすべてでした。もしルイスの死後の世界観が正しければ、彼は今、これまでになく新しく、これまでになくすばらしいかたちで、その三つを体験しているところに違いありません。

❂『さいごの戦い』にもとづいた祈り

トマドイよりも賢く、チリアンよりも冷静になれるよう、私たちを助けてください。けれどもトマドイのように謙虚に、チリアンのように気高くなれるよう、私たちを助けてください。

偽りの教義と反キリストから私たちをお守りください。

どんなに不利な状況にあっても、正しい側につく勇気をお与えください。

すべての世界が終わりを迎えても、良いものは滅びないことを感謝いたします。

本当の物語の始まりを私たちは心から待ち望んでいるのです。

◉著者について

キャスリン・リンドスコーグ

1954年からC.S.ルイスの著作を研究している第一世代の研究家。1956年にオックスフォードを訪問してルイスに会い、以来、『C.S.ルイス――キリスト教徒の精髄(*C.S. Lewis : Mere Christian*)』『影の国の光（*Light in the Shadowlands*)』など、ルイスに関する著書を6冊出版している。カルフォルニア・バイオラ大学やフラー神学校で文学と創作論の教鞭をとった。現在はカリフォルニア州オレンジ在住、1989年より『ルイスの遺産（*The Lewis Legacy*)』という季刊誌を発行している。

◉訳者について

月谷真紀（つきたに まき）

翻訳家。上智大学文学部卒業。訳書にマイケル・ペイリン『マイケル・ペイリンのヘミングウェイ・アドベンチャー』（産業編集センター)、『ハッピーマップを作ろう！――自分らしい生き方が見つかる23のエクササイズ』（ディスカヴァー・トゥエンティワン）などがある。

ナルニア国《こく》を旅《たび》しよう

◉著者
キャスリン・リンドスコーグ

◉訳者
月谷真紀《つきたにまき》

◉発行日
初版第1刷　2006年3月3日

◉発行者
田中亮介

◉発行所
株式会社 成甲書房

郵便番号101-0051
東京都千代田区神田神保町1-42
振替00160-9-85784
電話 03(3295)1687
E-MAIL mail@seikoshobo.co.jp
URL http://www.seikoshobo.co.jp

◉印刷・製本
中央精版印刷 株式会社

Printed in Japan, 2006
ISBN4-88086-195-2

人生を変えた贈り物

あなたを「決断の人」にする11のレッスン

アンソニー・ロビンズ
河本隆行 監訳

「わたしの人生は、あの感謝祭の日の贈り物で劇的に変わった!!」肥満体・金欠・恋人無しの負け組の若者だった著者アンソニー・ロビンズが、クリントン前大統領、故ダイアナ妃、アンドレ・アガシなど、世界のＶＩＰに絶大な信頼をおかれる世界ナンバーワン・コーチにどうして変身できたのか？　みずからの前半生を赤裸々に告白し、どん底の体験によって発見した「決断のパワー」「フォーカスのパワー」「質問のパワー」など、11の実践レッスンで読者を導く。ロビンズの同時通訳を務める河本隆行氏の達意の翻訳で、細かいニュアンスまで正確に日本語化。自己啓発界の世界的スーパースター、７年ぶりの邦訳書刊行。「魂のコーチング」で、さあ、あなたに何が起こるだろう!?　――――好評増刷出来

四六判上製◉定価1365円（本体1300円）

HRIBBLE
MARSHES
ARAVEL
GALMA
TEREBINTHIA
CALORMEN